La amante secreta del príncipe

Lucy Monroe

Bianca™

HARLEQUIN™

Editado por HARLEQUIN IBÉRICA, S.A.
Núñez de Balboa, 56
28001 Madrid

I.S.B.N.: 978-84-671-6952-2
Depósito legal: B-35726-2009
Editor responsable: Luis Pugni
Preimpresión y fotomecánica: M.T. Color & Diseño, S.L.
C/. Colquide, 6 portal 2 - 3º H. 28230 Las Rozas (Madrid)
Impresión y encuadernación: LITOGRAFÍA ROSÉS, S.A.
C/. Energía, 11. 08850 Gavá (Barcelona)
Fecha impresion para Argentina: 10.5.10
Distribuidor exclusivo para España: LOGISTA
Distribuidor para México: CODIPLYRSA
Distribuidores para Argentina: interior, BERTRAN, S.A.C. Vélez
Sársfield, 1950. Cap. Fed./ Buenos Aires y Gran Buenos Aires,
VACCARO SÁNCHEZ y Cía, S.A.
Distribuidor para Chile: DISTRIBUIDORA ALFA, S.A.

Capítulo 1

DANETTE Michaels cerró el periódico de pequeño formato y lo dejó sobre la mesa de centro cuidadosamente.

No le temblaban las manos, y eso le sorprendió porque por dentro estaba muerta de dolor. No dijo nada, aunque tuviera ganas de gritar; y también de hacer trizas el ofensivo periódico... Pero no podía. Si volvía a tocar el periódico... si desahogaba aunque fuera una mínima parte de la tormenta que le desgarraba el alma, perdería totalmente el control.

Se negaba a hacerlo. Llevaba años controlando sus sentimientos, rechazando tanto el dolor físico como emocional, y también negándose la posibilidad de llorar. La traición de Ray le había hecho llorar, y entonces había jurado no volver a permitir que otro le hiciera lo mismo; ni siquiera el príncipe Marcello Scorsolini.

—Este hombre es una delicia, ¿verdad? —suspiró Lizzy, ajena a la desolación que su visita le había causado a Danette.

Se inclinó, abrió de nuevo el periódico y señaló la fotografía que tanta angustia le estaba provocando a Danette en esos momentos.

—¿Te imaginas ser esa mujer?

Aunque no quería, Danette se fijó en la fotografía, sin poder evitarlo. Una emoción tan fuerte como el amor que le desangraba el corazón fue lo que la empujó a mirar. La necesidad de saber, y la necesidad desesperada de haberse equivocado.

Pero no había sido así.

La fotografía era la misma que ella ya había visto. Mostraba al apuesto presidente de Naviera Scorsolini del brazo de una mujer igualmente atractiva en la fiesta de cumpleaños del padre de él celebrada en Isla Scorsolini. En la foto, el príncipe y la rubia estaban prácticamente pegados el uno al otro. El príncipe Marcello sonreía, y la mujer parecía una bella y elegante gatita que acabara de tomarse un cuenco de rica crema.

¿Cómo había podido ser tan tonta para liarse con ese hombre? ¿De creer que tenían lo suficiente en común en lo importante?

Había caído en sus brazos sin pensar en las consecuencias. Ella le había entregado su virginidad y no había pedido nada a cambio salvo su pasión. Él le había ofrecido su fidelidad, pero esa foto le hacía dudar de la sinceridad de sus palabras.

Contrariamente a lo que él le había dicho, su príncipe era el rey de los playboys. ¿Sería una estúpida con los hombres, o simplemente no tenía suerte?

—Danette, vuelve a la tierra, por favor. ¿Eh, hay alguien ahí?

La voz de Lizzy penetró en sus pensamientos.

—¿Qué?

—¿Dónde estabas, chica? No me digas que estabas pensando en el trabajo.

—Sí, algo así —dijo Danette en tono tenso.

Para ella, su trabajo y su amante estaban inexorablemente ligados.

–Te he preguntado si te imaginas que fueras esa mujer.

Se lo imaginaba sin problemas; aunque cuando Marcello la abrazaba de ese modo, ella nunca llevaba un vestido de diseño como el de la belleza de la foto. La mayor parte del tiempo, estaba desnuda.

–Sí.

Lizzy se echó a reír.

–Tienes mejor imaginación que yo, entonces.

–En realidad no.

–¿Estás bien? –le preguntó Lizzy, con el rostro crispado de preocupación–. Te veo atolondrada; y es algo más que tu preocupación habitual por hacer todo tu trabajo a la perfección.

Danette dejó de mirar la foto y miró a su amiga, una joven rubia y menuda. Las dos eran estadounidenses, pero allí era donde terminaban las similitudes. Lizzy medía uno cincuenta y cinco aunque con el cuerpo de una Venus de bolsillo. Una melena corta y rubia que le enmarcaba la cara en forma de corazón.

Por el contrario, Danette tenía una figura esbelta y bien formada. Marcello siempre le decía que tenía cuello de cisne, pero a ella le parecía demasiado largo. En su opinión no era ni guapa ni fea, aunque Marcello aseguraba que poseía una belleza refrescante y natural. Era de estatura media, aunque al lado de él, que medía un metro ochenta y cinco, se sentía como una enana. Tenía el pelo liso y lo llevaba en una melena que le rozaba la barbilla. Marcello le decía que lo tenía suave como la seda, y que le encantaba que no se lo dejara tieso echándose un montón de productos. La rubia de la foto no podía tenerlo más arreglado y lleno de laca. Y eso que

Marcello le había dicho que prefería a las mujeres sin arreglos ni adornos.

Al mirar la foto Danette se preguntaba si no se habría engañado con Marcello como lo había hecho con Ray.

Trató de sonreír, pero sólo pudo suspirar.

—Estoy bien, sólo un poco cansada. He estado muy dedicada al proyecto Córdoba.

—Con las horas que has echado, no es de extrañar que no tengas vida social.

Pero Danette sí que tenía vida social… una vida secreta que le proporcionaba más placer del que habría soñado jamás; al menos hasta hacía un rato.

—Ya sabes cómo son las cosas.

Lizzy esbozó una sonrisa cariñosa y preocupada.

—Lo que sé es que trabajas demasiado.

—No tanto. Además, me encanta mi trabajo.

—A mí también me encanta mi trabajo, chica, pero no me verás a cada momento del día dedicada a ello —Lizzy le guiñó un ojo—. Tengo cosas mejores que hacer en mis horas libres. Por cierto, ahora que digo eso, tengo que marcharme… ¿De verdad que no quieres venirte al bar con nosotros?

Danette negó con la cabeza.

—Lo siento, pero creo que prefiero irme a la cama temprano.

Lizzy suspiró y sacudió la cabeza.

—Necesitas salir más.

—Pero si salgo.

Salía con Marcello, y a ningún sitio donde nadie de Naviera Scorsolini pudiera verlos.

Lizzy resopló y adoptó una expresión intrigante

—Si no vas, Ramon, el de ventas, se quedará chafado.

–Lo dudo.

–A ese tío le gustas; es guapo, buen profesional y está soltero. ¿Por qué no vienes y estás un rato con él? A ver cómo acaba.

–Ramon ha tenido cuatro novias en los últimos cuatro meses... creo que me estaría arriesgando mucho con él.

Danette tuvo que aguantarse la risa; porque no había nada más arriesgado que su relación secreta con Marcello Scorsolini.

–La vida es un juego, ¿o es que aún no te has enterado? –dijo Lizzy mientras se levantaba para marcharse.

–Hay cosas que merecen más la pena que otras.

–¿Y no crees que Ramon merece la pena?

Danette suspiró.

–No sé, pero esta noche no. Eso lo tengo claro. ¿De acuerdo?

–De acuerdo –Lizzy sonrió de nuevo y se acercó para darle un abrazo–. Que duermas bien. Te veo mañana en la oficina.

Danette la abrazó también. Al retirarse se acordó de todas las veces que había animado a su amiga Tara a que saliera con Angelo Gordon. Sin embargo, sabía que no conocía a nadie que pudiera competir con Marcello; ni siquiera el sexy y encantador Ramon.

–Que os lo paséis bien esta noche.

–Lo haremos –Lizzy se volvió para marcharse.

–Te dejas tu periódico.

–Quédatelo –Lizzy volvió la cabeza cuando salía de la habitación–, así tienes algo para leer antes de dormir.

La puerta se cerró antes de que Danette pudiera responder.

No quería leer el periódico, no quería mirarlo, ni tampoco tenerlo en su casa. Pero cuando fue a tirarlo, empezó a leer el artículo sobre la fiesta de cumpleaños del rey Vincente, y no lo dejó hasta que terminó. Ocupaba cuatro páginas enteras, y había un montón de fotos, unos cuantos comentarios a pie de foto y muchas insinuaciones.

Estaba mirando una foto de Tomasso bailando con una mujer cuando alguien llamó a la puerta con los nudillos.

Ella vivía en lo que en su día había sido la casita del guarda en una enorme finca a las afueras de Palermo. La familia seguía ocupando la casa principal, y el sistema seguridad era de primera categoría. Angelo y Tara la habían ayudado a encontrar casa, y ella les estaba muy agradecida. Angelo le había buscado el trabajo, pero a partir de ese momento había querido buscarse la vida ella sola en Italia. Así que había rechazado la oferta de sus padres para ayudarla a comprarse otro apartamento como el que había tenido en Portland.

La antigua casita del guardés con servicios de seguridad a cargo de la casa principal había sido un acuerdo que sus padres habían aceptado.

Y como la casita estaba bastante alejada de la carretera principal y la seguridad era tan completa, Danette no tenía miedo de recibir visitas inesperadas. Pero como Marcello siempre le pedía que mirara antes de abrir la puerta, fue lo que hizo entonces.

Era él.

No debería sorprenderse de verlo allí, pero se sorprendió. Después de leer el artículo, le parecía como si él ya no le perteneciera… eso si alguna vez le había pertenecido.

Pero Marcello estaba allí; el perfecto siciliano en persona. Desde el cabello rubio dorado, un poco despeinado, hasta las puntas de sus zapatos de Gucci, Marcello exudaba masculinidad y sex-appeal. También parecía cansado, y notó su fatiga en el contorno de sus ojos azul cobalto.

Danette pensó que no habría podido dormir con tanto festejo; pero al instante trató de rechazar aquel pensamiento tan desagradable.

Ella sabía muy bien que, una semana antes de la fiesta de su padre, se había ido de viaje de negocios y había estado toda la semana trabajando. Habían hablado por teléfono todas las noches, y él le había explicado repetidamente que no había dejado de presionar a todos para terminar el trabajo lo antes posible.

Sólo que, al ver la foto, Danette había pensado que no iría a verla directamente desde el aeropuerto. ¿Para qué hacerlo teniendo a preciosas y sofisticadas mujeres como la de la foto con las que pasar el tiempo?

A lo mejor era una bobada pensar de ese modo, pero sabía que no estaba en su momento más lógico. Marcello volvió a llamar a la puerta, esa vez con más ímpetu; su expresión ceñuda denotaba su creciente impaciencia.

Danette abrió la puerta rápidamente, y se quedó mirándolo en silencio, como embobada. Al verla, Marcello esbozó una sonrisa sensual que borró su ceño al instante.

—Buenas noches, tesoro mío. ¿Me vas a dejar pasar?

—¿Pero qué haces aquí? —le preguntó ella.

Marcello entrecerró los ojos, y la magnífica sonrisa desapareció igual que había aparecido.

–¿Qué clase de pregunta es ésa? Hace más de una semana que no te veo. Mi avión aterrizó hace menos de una hora… ¿dónde si no iba a estar?

Seis meses atrás, cuando habían iniciado su aventura, la pregunta habría sido absurda. Habían empezado a verse un par de noches a la semana; pero a medida que habían pasado las semanas, el número de noches que pasaban juntos había ido en aumento, hasta que prácticamente estaban viviendo juntos… Aunque fuera en secreto.

–A lo mejor pasando el rato con tu nueva novia…

Él avanzó para entrar, y Danette se retiró para que él no la tocara. No quería. Al menos en ese momento; tal vez nunca…

–¿Qué otra novia? –preguntó Marcello, enunciando cada palabra con callada precisión mientras cerraba la puerta y la seguía.

Ella le pasó el periódico.

–Ésta.

Marcello le echó una ojeada, y enseguida se lo quitó de la mano para verlo mejor. Momentos después, lo tiró en la mesa con desdén.

–Esto no es más que un periódico sensacionalista. ¿Por qué lo estabas leyendo?

–Me lo ha traído Lizzy. A ella le pareció muy divertido leer un artículo del gran jefe. ¿Qué más da cómo haya llegado a mis manos? Que sea un periódico sensacionalista no quita que las fotos o el comportamiento de los fotografiados no sea real.

–Esas fotos no muestran nada malo.

–¿No te parece?

–Bailé con unas cuantas mujeres en la fiesta de cumpleaños de mi padre, sonreí a algunas, charlamos. No creo que sea un delito.

–Si no estuvieras unido sentimentalmente a alguien, no.

Él frunció el ceño un poco más y la miró con expresión gélida.

–Sabes que no voy a tolerar una escena de celos, Danette.

Ella estuvo a punto de echarse a reír. Lo dijo con tanta arrogancia que no resultaba difícil creer que era un príncipe; pero siendo el pequeño de la familia, podría dejar esa presunción para el heredero de la corona.

–Bien. Márchate y no la tendremos.

Él reaccionó como si ella le hubiera dado una bofetada.

–¿Quieres que me marche? –se quejó–. Pero si acabo de llegar.

–Bueno, como parece que sólo me quieres para el sexo y no estoy de humor después de ver esas fotos, sería mejor.

–Yo nunca he dicho eso –Marcello maldijo en italiano–. ¿De dónde te sacas eso? Yo no te veo como un cuerpo sin cerebro.

–Bien, porque lo tengo, y mi cerebro me dice que, si yo fuera algo más que un cuerpo con el que pasar el rato en la cama, habría estado a tu lado en la fiesta de cumpleaños de tu padre, no leyendo cosas de la fiesta en un periodicucho dos días después y teniendo que ver fotos tuyas coqueteando con otras.

–Sabes bien por qué no estabas a mi lado.

–¡Porque no quieres que nadie sepa nada de mí! Está claro que te avergüenzas de estar conmigo –replicó Danette, cayendo por una pendiente de irracionalidad de la que no parecía poder apartarse.

Eso le daba más miedo que el dolor que provocaba esa irracionalidad. Siempre había sido capaz de controlar sus emociones, por muy tremendas que fueran; pero lo que sentía por él era demasiado importante.

—Esta noche estás diciendo muchas tonterías. Primero me acusas de estar con otra mujer, y luego me dices que yo te veo como un objeto sexual... –sacudió la cabeza para despejarse–. Es una locura, Danette. Yo no me avergüenzo de ti.

—Pero no quieres que nadie sepa que estás conmigo.

—Es por tu bien –maldijo de nuevo mientras se pasaba los dedos por el pelo–. Sabes lo impertinentes que pueden ser los paparazis. En cuanto se enteren de mi relación contigo, te vigilarán sin descanso. No podrías ni entrar en un servicio sin tener a un paparazi en el servicio de al lado, listo para tomarte una foto.

—No sería para tanto; yo no tengo interés para ellos.

—Pero yo sí. Yo soy el hijo de una de las pocas parejas reales de la historia que se ha divorciado. En mi matrimonio, no tenía intimidad. Bianca tenía que viajar a todas partes con guardaespaldas, no sólo por su seguridad personal, sino para protegerla de los paparazis. Ya te lo he contado.

Danette no dijo nada. La lógica le decía que estaba diciendo la verdad, pero no era capaz de reconocerlo. Y aunque en su fuero interno supiera que él quería mantener su relación en secreto porque la valoraba mucho, el corazón le decía que una relación secreta no tenía valor.

Su modo de bailar y de agarrar a la rubia le daba

a entender que en ese preciso momento había valorado a esa desconocida.

Él suspiró.

—Adopté esta fachada de playboy después de la muerte de Bianca para protegerme a mí mismo y a la mujer con la que verdaderamente quisiera estar. Ya lo sabes porque lo hemos hablado antes.

Ella lo sabía, era cierto. Incluso lo había visto como algo muy personal que tenían en común. Después de todo, ¿acaso no iba ella de coqueta para en parte preservar su intimidad? Cuando Marcello le había explicado su obligada fama de playboy, ella se había identificado con él.

La foto se burlaba del amor que ella había descubierto que sentía por él. El amor no tenía por qué ser así, ni tenía por qué doler tanto; tenía que embellecerle a uno la vida, hacer que el enamorado se sintiera poderoso gracias a ese amor. Pero ella sólo sentía una inseguridad horrible.

—¿Con cuántas mujeres has querido estar en serio desde Bianca? —le preguntó ella, irritada y dolida, e incapaz de contener la desagradable pregunta.

—Eso no es asunto tuyo.

—Parece que nada de tu vida es asunto mío.

—Eso no es verdad.

—Pero si no compartes nada conmigo…

—Eso es mentira —dijo Marcello con rabia, como si quisiera zarandearla—. Paso más tiempo contigo que con ninguna otra persona. ¿Acaso no he trabajado jornadas de veinte horas para poder tomar un vuelo y venir a verte después de la fiesta, en lugar de volver a nuestra oficina de transporte marítimo de Honk Kong?

Marcello se frotó los ojos. Tenía la cara demacrada y estaba visiblemente decepcionado.

–Pasamos juntos casi todas las noches, y no sólo nos acostamos juntos. Hemos ido al teatro, a cenar fuera; hemos hecho rompecabezas juntos porque a ti te gusta hacerlos y también me has enseñado juegos de cartas americanos que yo no conocía. La única parte que no comparto contigo es la parte pública. Siempre entendí que era algo que no te apetecía. ¿Acaso me equivoqué? ¿Quieres que se te conozca como a la última amante del príncipe Scorsolini?

Su sarcasmo ni siquiera la afectó.

–Si eso significa que no te voy a ver en foto pegado a otras mujeres, entonces sí.

Él negó con la cabeza.

–Estábamos bailando; eso es todo. Para mí no significa nada; debes saberlo.

–Pues parecía como si hubierais estado a punto de largaros de la fiesta en busca de un sitio más íntimo donde seguir bailando.

–Estás celosa –negó con la cabeza–. No hay necesidad.

–¡Estoy dolida!

–Sólo porque no confías en mí.

–¿Y cómo puedo confiar en ti?

–Te dije que mientras estuviéramos juntos nuestra relación sería exclusiva. Te di mi palabra. Hace un año que nos conocemos, y llevamos la mitad de ese tiempo acostándonos juntos. ¿Alguna vez he roto mi promesa?

–No me gusta ser tu sucio secretito.

–Lo que nosotros compartimos no es sucio, y llevamos lo nuestro en secreto porque nuestra relación es tan especial para mí que no quiero perderla –dijo con los dientes apretados.

Ella desvió la mirada, negándose a comentar, y

el silencio se prolongó entre los dos. Danette notó que Marcello se movía, pero de todos modos se sorprendió al sentir que le retiraba el pelo de la sien y le agarraba de la barbilla. Entonces giró su cara hacia él con suavidad.

–Siento mucho que esa foto te haya hecho daño.

Ella sabía que para él eso era rebajarse mucho. Marcello no había querido discutir, y acababa de disculparse.

¿Pero de qué valía disculparse si no le aseguraba que aquello no volvería a ocurrir? Le había dolido ver la foto. Y mucho. Incluso en ese momento le parecía como si le estuvieran arrancando el corazón de cuajo.

–Dime una cosa nada más –dijo ella–. ¿Cómo te sentirías si fuera al contrario, y me vieras coqueteando con otros?

–Para que nuestra relación sea secreta, tengo que actuar con naturalidad en eventos públicos. No sería natural por mi parte ignorar a un montón de mujeres. Todo el mundo empezaría a especular, y los paparazis enseguida empezarían a indagar para buscar mi relación sentimental secreta, a asumir cosas sobre mis gustos sexuales, o algo aún peor.

–No has respondido a mi pregunta.

Marcello era un experto a la hora de cambiar de tema, lo cual hacía de él un contrincante temible en el mundo de los negocios. Pero después de seis meses de relación y de un año trabajando para él, Danette ya conocía la mayor parte de sus técnicas y no se podía dejar manipular por ninguna de ellas.

–Es toda la respuesta que necesitas. No se trata de ojo por ojo. Mi comportamiento fue necesario.

–¿Y si yo me comportara de modo similar por necesidad, eso no te molestaría?

–Es algo que a ti no puede surgirte.

–¿Estás seguro de eso? –Danette hizo una pausa, dejando que la pregunta le sacudiera un poco la arrogancia–. El que no sea un personaje de interés para los columnistas de la prensa rosa no significa que nunca coquetee con otros hombres.

–¿Y lo haces? –le preguntó con una indulgencia que dejaba bien claro lo poco que le preocupaba esa posibilidad.

–No lo he hecho porque me consideraba comprometida en cierta manera; ahora veo que he hecho mal en pensar así.

Capítulo 2

ESTÁS comprometida –repitió Marcello con vehemencia, dejando a un lado la indulgencia.

–Si tú no lo estás, yo tampoco.

Él resopló de frustración.

–No se trata de que no piense que tengo una relación… sólo es que, si ignorara completamente las insinuaciones de otras mujeres, eso provocaría mucha especulación.

–¿Y mi lealtad no?

–No se trata de lealtad –Marcello empezaba a perder la paciencia.

–Claro que sí.

–Ya te he dicho que es un asunto de conveniencia.

–¿Y si yo rechazara las insinuaciones de los demás y con ello provocara la misma especulación en torno a mí que tanto te preocupa en tu caso, sería ésa razón para que yo respondiera de manera similar?

–¡Yo no he salido con nadie! Sólo bailé, y charlé… y coqueteé como lo hacen los hombres italianos; pero no toqué a nadie como te toco a ti; porque no quería.

–Esa mujer y tú estabais todo lo pegados que os permitía la ropa.

–A mí no me afectó en modo alguno.

–¿Y eso importa?

–Debería.

–¿Por qué? –dijo él.

–Te dice que, a pesar de tus inseguridades, eres especial para mí.

–Tan especial que sigo siendo un secreto para todos los que te rodean.

–Tan especial que sólo la idea de verte me pone a cien. Y aunque abrace a otra mujer no me hace nada, porque no eres tú.

Danette no quería dejarse conmover por sus palabras, pero su sensible corazón le decía que eso era muy raro... sobre todo viniendo de un hombre como Marcello Scorsolini.

Él le puso las manos en los hombros y le acarició la clavícula con tanta delicadeza que ella se estremeció.

–Tú eres la única mujer a la que deseo, la única mujer a quien quiero acariciar y que me acaricie en este momento.

Si no hubiera dicho «en este momento», su frase habría sido perfecta.

Marcello se acercó a ella hasta que sus cuerpos se rozaron.

–Tú eres la única mujer con quien quiero estar. Todo lo que había en la fiesta era superficial... no significó nada para mí. Créeme, tesoro. Por favor.

La súplica final terminó de convencerla. Aquel hombre no estaba acostumbrado a rogar; en ningún caso. Ella tenía que ser especial para él, porque de otro modo se habría marchado en cuanto ella se hubiera puesto difícil. Porque bien sabía ella que podría tener a cualquier mujer que le apeteciera; de eso estaba muy segura. Pero le estaba dejando bien claro que sólo quería estar con ella.

–¿No te acostaste con esa preciosa rubia?

Él la abrazó con una determinación que la dejó sorprendida.

–No, *porca miseria*. Yo nunca te haría eso, *cara*. Te lo prometo.

Ella lo creyó, y el alivio que sintió fue increíble.

–Bien, porque jamás estaría con un hombre que fuera de cama en cama.

Él se echó a reír, aunque su risa encerraba cierta tensión.

–No soy de esa clase de hombres; ni siquiera soy el playboy que pinta la prensa. Pensaba que lo sabías; que me conocías.

–Lo sabía. Pero una imagen vale más que mil palabras.

–Sólo si hablas el mismo lenguaje que el fotógrafo. Lo que ese fotógrafo captó fue a dos extraños bailando, nada más. Pero mira la imagen que componemos nosotros, *amore mio*. Mira y compara la diferencia entre unos ojos ardientes de poseer, y una sonrisa superficial que no significaba nada. Mírame las manos que tiemblan de ganas de tocarte; las mismas manos que abrazaron a la otra con total indiferencia.

Sus palabras sin duda esbozaron una imagen mucho más potente que la imagen del periódico. La proximidad de Marcello hizo lo demás. Él la deseaba a ella, y ella a él. Lo había echado muchísimo de menos.

–Si no eres un playboy, ¿qué eres? –le preguntó con provocación.

–Un simple hombre que te desea como un loco.

Ella sintió lo mucho que la deseaba, y empezó a derretirse por dentro.

Se le nubló la vista, como le pasaba siempre

cuando él la tocaba, pero aún le quedaron fuerzas para decirle:

—A lo mejor deberíamos hacer pública nuestra relación. No me gusta ver fotos así, Marcello. Me hacen daño.

Él le besó en la comisura de los labios, en la nariz, en la frente y de nuevo en los labios con apasionada ternura.

—Eres demasiado dulce, cariño. La prensa te pulverizaría, y yo no podría soportar ser testigo de eso; pero haré lo posible para asegurarme de que no vuelvas a sufrir así.

Danette se dijo que era algo, al menos, pero al mismo tiempo quería decir que ella podría hacerse cargo de la prensa; que era fuerte, que lo había sido siempre. Pero en ese momento estaba demasiado ocupada besándolo, y no podía hablar y decirle lo que tenía que decir.

Cuando se despertó a la mañana siguiente, Marcello se había marchado, y se había llevado el periódico.

Sin embargo, en su almohada había una rosa roja y una nota al lado. La nota decía:

Cara,
Gracias por lo de anoche. Atesoro los momentos que pasamos juntos y la generosidad de tu afecto por mí.
M.

Era la primera vez que le dejaba una nota. Su paranoia de llevarlo todo en secreto se extendía también a no dejar nunca pruebas de su relación; para que no las encontrara nadie. Aquél era un gesto enorme para él. Tenía que ser significativo. A lo mejor Marcello se empezaba a plantear el hacer pública su relación... a lo mejor empezaba a entender que ella tenía razón.

Lo único que ella sabía con seguridad era que el deseo de Marcello no era fingido. Su anhelo había sido demasiado ávido. Habían hecho el amor al alba, y él le había dicho repetidamente lo mucho que la había echado de menos, lo preciosa que era para él, lo especial que era. Todas las palabras que su vulnerable corazón ansiaba escuchar.

Salvo las dos palabras que más le importaban; claro que ella tampoco se las había dicho nunca a él.

Siempre le había preocupado que fueran el final de su relación; puesto que había supuesto que él rechazaría esa clase de lazo emocional. Él le había dejado muy claro al inicio de su aventura que sólo podría ser eso, una aventura; una aventura con principio y final. Lo había deseado tanto y se había quedado tan impresionada con su sinceridad después de las mentiras de Ray, que le había dicho que sí.

Y hasta que había visto la foto del periódico, no se había arrepentido en ningún momento. Marcello era un amante increíble, y todo el tiempo que pasaban juntos fuera de la cama resultaba igualmente satisfactorio. Había hecho lo posible para que la primera vez que lo hicieron juntos fuera muy especial; y lo mismo podía decir de todas las demás veces.

Su deseo de mantener en secreto su relación le había convenido al principio. Ella era una persona demasiado discreta como para querer compartir sus intimidades con nadie. En eso Marcello y ella se parecían mucho. Había visto el daño que podía hacer la prensa; su amiga Tara era un buen ejemplo de ello.

Aparte de eso, había supuesto que si salía a la luz su relación con Marcello, tendría que ocuparse de la interferencia de sus padres, que tenían buenas intenciones aunque quisieran protegerla demasiado. También le había preocupado que pudiera afectarla en su trabajo, por mucho que Marcello no quisiera que eso pasara. Quería conseguir un ascenso, pero sin especulaciones sobre si lo merecía o si todo provenía de su relación con el presidente de la compañía.

Se había pasado toda la vida bajo la vigilante mirada de su familia. Para ella era muy importante demostrar la fuerza que había tenido que hacer para vencer la escoliosis que había amenazado su habilidad para caminar, e incluso su vida. Y eso era algo que impregnaba toda su existencia.

Por eso en un principio no había querido tener una relación duradera. Llevaba años con esa especie de aislamiento que ella misma se había impuesto por el corsé ortopédico que había tenido que llevar hasta los diecinueve años para corregir la curvatura de su espalda.

Había deseado sentirse mujer. Había querido salir con chicos, besar y que la besaran, mimar y también hacer el amor.

Había deseado a Marcello más que a nada en el mundo, al margen de otros sentimientos más nobles; o al menos eso había pensado ella.

Cuando había llegado a Italia, nunca había pensado en iniciar otra relación. Se había empeñado en demostrar que no era tan tonta como se había sentido después de la traición de Ray. La primera vez que se conocieron, sin darse cuenta, Marcello le había dado la oportunidad de hacerlo.

Danette se había sentido frustrada consigo misma porque Angelo le había buscado el empleo. Quería conseguir algo por sus propios medios, pero no sabía si era capaz o no. A veces se preguntaba si los demás eran amables con ella porque caía bien o si era por Angelo; o tal vez incluso para agradar al jefe que le había hecho el favor a su buen amigo.

Un día en el que precisamente se había sentido muy insegura, Marcello se había presentado a su mesa.

—Tú eres la amiga de la esposa de Angelo Gordon, ¿no? —le había preguntado, aunque no se hubiera molestado en presentarse.

Claro que ella ya sabía quién era él y cómo prefería que se le llamara en Naviera Scorsolini.

—Sí, *signor* Scorsolini. Soy Danette Michaels.

—Angelo me ha hablado muy bien de ti.

—Me alegro. Me encanta el trabajo que hago en la empresa.

—Pero has querido venirte aquí para viajar un poco y ver mundo, ¿no?

—Sí.

—Te darás cuenta de que, a mis ojos, la reputación de mi amigo va a depender mucho de cómo trabajes.

No lo dijo con mal talante, ni como si fuera una advertencia, sino más como si le estuviera confirmando algo que ya supiera.

Las palabras de Marcello, lejos de desanimarla,

le dieron un objetivo. Sintió que esperaría más de ella que de sus otros empleados.

–No le decepcionaré tampoco a usted.

–No lo dudo. Estoy seguro de que al estar aquí por su recomendación, pondrás más empeño en tu trabajo para demostrar que no se equivocó al recomendarte.

–Tiene razón, lo haré –dijo Danette a modo de promesa.

Para demostrarle que no se equivocaba, había hecho del trabajo su triunfo personal. Cada éxito que alcanzaba era un éxito que conscientemente dedicada a los dos hombres que habían apostado por ella, e inconscientemente a sí misma.

Cuando había ascendido y le habían dado un despacho para ella sola sólo cuatro meses después de empezar, Marcello la había llamado por teléfono para felicitarla, y Angelo le había enviado un correo electrónico dándole las gracias por dejarle tan bien delante de su amigo.

Danette se había sentido muy bien, y a partir de ese momento, había empezado a sentirse más independiente y segura de sí misma. Cuando Marcello le había pedido salir, su autoestima había ido en aumento; aunque a ella le había gustado desde el principio.

Que Danette quisiera quedar bien e impresionar a su jefe por la confianza que había depositado en ella no tenía nada que ver con que se le acelerara el pulso cada vez que lo veía.

A ella no le interesaba volverse a arriesgar, y menos con un hombre que tenía fama de playboy.

–¿Sabes qué hora es, Danette?

Levantó la cabeza al oír la voz del presidente de la empresa desde la puerta.

—¡*Signor* Scorsolini!

Ella se levantó de la silla de un salto y miró alrededor, intentando regresar al presente, aunque tuviera la cabeza llena de números.

Hacía un rato que había terminado la jornada laboral y el vestíbulo que había delante de su despacho estaba medio a oscuras. El silencio le dijo que la mayoría de los empleados se había marchado.

El reloj de su mesa marcaba las ocho.

—Uy... —pronunció con sorpresa—. No me extraña que me duelan tanto las piernas —dijo con una sonrisa de pesar.

—Trabajas demasiado.

Se echó a reír mientras se estiraba, pues le dolía todo de las horas que llevaba allí sentada trabajando.

—¡Quién fue a hablar! Todo el mundo sabe las horas que echa aquí en la empresa.

—No pretendo que mis empleados abandonen su vida fuera del trabajo sólo por servir a Naviera Scorsolini —dijo Marcello mientras observaba sus movimientos con interés—. En mi caso es distinto. Yo tengo más razones que la mayoría de los presidentes de empresa para hacer de mi negocio un éxito.

—¿Qué quiere decir? —preguntó ella con curiosidad mientas se pasaba la mano por la cabeza con nerviosismo.

Cuando estaba con él, su fachada de mujer desenfadada se derrumbaba; se le trababa la lengua y se le aceleraba el pulso.

—Las gentes de mi país dependen de los ingresos

de Naviera Scorsolini en todo el mundo para mantener un nivel de vida en línea con las demás naciones industrializadas.

–¿Se refiere a Isole dei Re?

–Sí, naturalmente –respondió él.

Ella no quería volver a sentarse, pero de pie se sentía violenta. Se entretuvo colocando los papeles del informe de proyección de ventas para disimular. Él no la miraba como un jefe mira a un empleado, sino más bien como un depredador mira a su presa.

Ella se estrujó el cerebro en busca de algo que decir.

–No comprendo cómo Isole dei Re puede depender tanto de esta división de Naviera Scorsolini. Sólo un puñado de paisanos y paisanas suyos trabajan aquí.

–¿Y cómo sabes eso?

–Lo he preguntado.

–Es curioso que te intereses –dijo mientras la taladraba con su mirada especulativa.

–Me interesa todo lo de la empresa en la que trabajo.

Marcello entró en la habitación.

–¿Y el hombre para quien trabajas, te interesa? Tengo curiosidad.

–Creo que estoy empezando a imaginar cosas… ¿Has dicho lo que me ha parecido que has dicho? –preguntó ella, tuteándolo.

Él sonrió.

–Deja que primero conteste a tu otra pregunta. Aunque no suelo emplear a muchos paisanos míos, la mitad de los beneficios netos de todas las empresas Scorsolini va a parar a la Tesorería Nacional. Se destinan a mantener y mejorar la infraestructura del país.

–¿Te refieres a cosas como construir hospitales? –le preguntó ella con fascinación.

No se le había ocurrido nunca que la familia real aportara unos beneficios tan grandes a un país.

–Hospitales, carreteras, colegios, comisarías de policía, parques de bomberos... Esas cosas que los ciudadanos de países más grandes dan por hecho que subvencionan con el dinero de los impuestos.

–Caramba.

–El dinero debe salir de algún sitio.

–¿Y es de Naviera Scorsolini?

–Y de los impuestos que recibimos de las rentas públicas y de otras empresas de nuestro país. Mi hermano mayor, Tomasso, ha supervisado recientemente el descubrimiento de unas minas de litio, y ha llevado Minería y Joyería Scorsolini a un nivel sin precedentes.

Marcello hablaba con orgullo del logro de su hermano.

–Qué curioso; eso es lo que me contó Angelo Gordon que habías hecho con la división italiana de Naviera Scorsolini.

–Mi padre y mi hermano mayor están encantados con mis esfuerzos.

–Deberían.

Danette se ruborizó ante la vehemencia de sus propias palabras.

Pero él sonrió, aparentemente encantado con lo que ella le decía.

–Hace poco mi hermano mayor, Claudio, me dijo que, cuando suba al trono, Tomasso y él tienen pensado que yo me haga cargo de toda la compañía naviera, mientras Tomasso dirige Minería y Joyería Scorsolini.

–¿Y eso te ha sorprendido?

Él asintió y se acercó a ella. Su presencia aturdía sus sentidos.

–Normalmente pasaría al segundo hijo, y yo me quedaría como estoy u ocuparía el puesto de Tomasso; pero como él ha tenido tanto éxito con ese capital familiar, y como mis hermanos y mi padre están contentos con que yo esté aquí, me van a hacer ese honor.

–¡Qué maravilla! Supongo que lo habrás celebrado haciendo un par de jornadas extra de veinte horas –se burló ella, sabiendo por los rumores en la empresa que eso era lo que estaba haciendo últimamente.

Marcello dio la vuelta a la mesa y se apoyó sobre ella, muy cerca de Danette.

–¿Quieres decir como haces tú?

–Está bien…–suspiró Danette–. No quiero que mi jefe se arrepienta de haberme dado un ascenso –añadió, para disimular su nerviosismo.

–Yo también siento esta necesidad…en relación a la confianza que mi familia ha depositado en mí.

Su aroma le despertaba los sentidos, y deseó poder acercarse un poco más; lo cual, dadas las circunstancias, era una auténtica locura.

–Supongo que… tenemos algo en común.

Él acercó la mano y le rozó la mejilla apenas; pero lo que sintió la dejó paralizada.

–Tal vez más incluso algo más que eso –sugirió él.

Sintió un cosquilleo en la piel donde él la había rozado.

–No sé qué más podríamos tener en común. Nuestras vidas son muy distintas.

–A lo mejor, pero creo que estás equivocada. ¿Quieres cenar conmigo esta noche para que puedas averiguarlo?

–¿Qué? –ella sacudió un poco la cabeza para despejarse.

¿El presidente de Naviera Scorsolini le había pedido que saliera a cenar con él?

–Me gustaría cenar contigo.

–Pero…

–Me gustas, Danette, y espero gustarte también.

Sin embargo, la sonrisa confiada de Marcello le dio a entender que no tenía duda del efecto que él le causaba a ella.

–Por supuesto que me gustas, pero me has pedido que salga contigo. Yo no soy tu tipo.

–¿Y en qué te basas para decir eso?

–Todo el mundo sabe que sales con mujeres preciosas.

–Tú eres preciosa.

Ella soltó una carcajada.

–Tengo espejo en casa. No me parezco en nada a las mujeres con las que sales en las fotos.

–Eso no es más que fachada… una fachada que presento para llevar luego una vida privada sin que me molesten.

Parecía sincero, pero no podía decirlo en serio.

–Pero…

–Ve a cenar conmigo y verás la clase de hombre que soy cuando los paparazis no están encima con sus molestas cámaras.

–Es que mi trabajo… –dijo ella con incertidumbre.

–Te voy a prometer una cosa, Danette. Tu trabajo no se verá influenciado en modo alguno, ni para bien ni para mal, pase algo o no entre nosotros.

–¿Y si rechazo tu invitación para salir a cenar contigo? –preguntó ella.

–Me sentiré decepcionado, pero nada de eso repercutirá en tu empleo, ni en los ascensos u oportunidades que puedas tener en Navieras Scorsolini. Para ser justos, tengo que decirte que, si fueras mi amante, eso tampoco te haría ganar puntos en el plano laboral.

–Jamás lo habría esperado.

–Eres muy ingenua.

–No tiene nada de ingenuo pensar que una persona debe ganarse un ascenso por méritos propios.

Él sonrió, pero su mirada era seria.

–Eso me gusta de ti, y además estoy de acuerdo.

–Bien.

–Entonces, ¿me permites que te invite a cenar?

La lógica le decía que rechazara su invitación; no quería iniciar una relación, pero ir a cenar tampoco era una promesa de futuro. A lo mejor, aunque hubiera mencionado lo de ser amantes, él sólo pretendiera una amistad.

Cosa rara, la idea de ser amante de ese hombre la tentaba. Había salido con tan pocos hombres en su vida… y estaba segura de que Marcello era el hombre más interesante de los que había conocido. Salvo tal vez Angelo Gordon. Pero aparte de ser de su amiga, Angelo no le atraía sexualmente y Marcello sí.

Se dijo que Marcello no le estaba proponiendo pasar la vida juntos, sino experimentar cosas que ella llevaba demasiado tiempo negándose.

–De acuerdo. Cenaré contigo.

Capítulo 3

MARCELLO la llevó a un pequeño restaurante familiar a las afueras de Palermo. Llegaron a las nueve menos cuarto. Ella sabía que los europeos a menudo cenaban tarde, y al dueño no le importó darles una mesa.

Marcello se mostró encantador y atento. Danette le encontraba tan sexy, que no podía dejar de pensar en el deseo que sentía por él y que nunca había sentido por otro.

Marcello le sirvió una segunda copa del vino oloroso que había pedido para cenar.

—Y bien, Angelo me dijo que estabas dispuesta a hacer un cambio en tu vida y que por eso te viniste a Sicilia.

Desde que había llegado a Palermo, había notado que los sicilianos diferenciaban entre ellos y otros italianos; como si fueran un estado independiente. Marcello hacía lo mismo, aunque técnicamente él fuera de otro país. Había oído que su madre era siciliana; tal vez ésa fuera la razón.

—Sí, necesitaba un cambio.

—¿Hubo algún hombre de por medio?

Cosa rara, su pregunta no le pareció indiscreta. Inexplicablemente, sentía como si pudiera contarle todo.

—Sí.

–¿Qué pasó? –le preguntó con una expresión que la invitaba a compartir con él todos sus secretos.

–¿Cómo lo haces?

–¿El qué?

–¿Cómo consigues que me sienta capaz de contarte todo?

–Ah… el director de un negocio internacional tiene que saber algo más que contar dinero.

Ella se echó a reír.

–Lo sé, pero no sabía que hacer el papel de padre confesor fuera parte de ello.

–Te sorprenderías. Ahora, háblame de tu novio.

–Creí que me quería, pero me utilizó para conseguir unas fotos de Tara y Angelo y así poder entrar en el mundo de las revistas de cotilleo.

–¿Él fue el responsable de los escándalos que sobre ellos salieron publicados en uno de esos periódicos el año pasado?

–Sí. Tara lo pasó muy mal. La prensa ya se había cebado con ella antes de que los artículos de Ray le costaran el puesto; mucho antes de que Angelo se enterara de lo que había pasado.

–Odio la prensa rosa.

–Pero a menudo sales en ella.

–Como te he dicho, he inventado una fachada para que me dejen vivir en paz la vida de verdad.

Ella había hecho lo mismo de pequeña y se había creado una imagen de niña simpática y confiada para ocultar lo que sentía y pensaba. Por muy entrometidos que fueran los médicos, o sus propios padres, había siempre una Danette que le pertenecía sólo a ella.

Saber que compartían esa especie de mecanismo

de defensa la hizo sentirse más unida a él de un modo que no habría creído posible.

—Cuéntame más cosas de Ray —dijo Marcello.

—No hay mucho que contar. Él buscaba una oportunidad y la aprovechó, sin preocuparle demasiado a quién hacía daño. Creo que eso fue lo que más me afectó. Era imposible que él anticipara que mi mejor amiga fuera a salir con un personaje de interés mediático como lo era Angelo Gordon.

Al menos eso había sido lo que ella había pensado.

—Nuestra relación empezó como todas, supongo. Mi familia tiene dinero, y tal vez él imaginara que yo podría meterle en algún círculo desde donde despegar en su carrera profesional; pero sigo pensando que iba en busca de la primera oportunidad que pillara.

—¿Y te hizo daño?

—Mucho, pero ya se me ha pasado.

Era cierto. Se le había pasado antes de lo que había pensado. Había hecho bien yéndose a vivir a Italia.

—La traición de un amante es la peor de las traiciones.

—Él no fue mi amante, menos mal.

—¿Entonces no estuvisteis mucho tiempo?

—Eso depende de lo que tú entiendas por mucho tiempo. Estuvimos juntos unos meses.

—¿Y no te llevó a la cama?

—Bueno, él lo intentó, desde luego que sí —dijo ella, dolida de que Marcello pudiera pensar que ella no era atractiva.

—Sin duda. ¿Por qué no te quisiste entregar a él entonces?

–No me parecía adecuado. Eso le enfadó, aunque entonces no me di cuenta. Cuando rompimos, dijo cosas muy hirientes.

–Entiendo.

–¿Ah, sí? ¿Cómo es eso, *signor* Scorsolini?

–En primer lugar, debes llamarme siempre Marcello cuando estemos fuera de la empresa.

Ella sonrió, a pesar de la desazón que sentía al recordar lo que le había pasado.

–De acuerdo.

–En segundo lugar, ese hombre era un estúpido y estaba claro que no supo seducirte.

–O que a mí no es fácil seducirme.

–No te preocupes, a mí me encantan los retos.

La implicación de Marcello la dejó boquiabierta.

–En este momento, no busco eso.

–Pero lo has encontrado, y yo me deleitaré enseñándotelo. Te deseo y pienso conseguirte.

Pero ni siquiera la presionó para que le diera un beso de buenas noches cuando la acompañó a casa. Y en las tres citas siguientes, en el espacio de dos semanas, no pasó nada. Por mucho que él dijera, parecía totalmente satisfecho con aquella relación platónica; si embargo ella era cada vez más consciente de lo que sentía estando con él.

Incluso empezó a tener sueños eróticos con él. Se despertaba avergonzada de lo que sentía y turbada por la intensidad de aquel deseo. Por no mencionar la facilidad con que él se había colado tanto en su vida consciente como en su subconsciente.

Él le había pedido que siguiera trabajando como siempre y que no le hablara a nadie del tiempo que pasaban juntos, y ella había accedido sin titubeos. Nadie podría acusarla de aprovecharse de una relación con un hombre para ascender en el trabajo. Además, los encuentros secretos con Marcello tenían un componente muy atractivo.

A ella le encantaba hablar con él por teléfono, sabiendo que mantenían una conversación a otro nivel sin que nadie a su alrededor supiera nada. Luego él tuvo que marcharse de viaje de negocios, y ella le echó de menos. Sólo llamó una vez, pero fue una conversación muy breve porque ella estaba en la oficina.

Habían planeado cenar la noche después de volver él, pero cuando él llegó a buscarla, ella ya había preparado la cena. Quería estar con él a solas y poder mostrarse con naturalidad delante de él; y eso sólo podría pasar si estaban en su casa.

—Huele muy bien —comentó cuando ella lo invitó a pasar—. Huele tan bien que casi te voy a pedir que nos quedemos aquí y cenemos sobras.

—Vamos a cenar aquí, pero no sobras. He preparado la cena.

—¿Es una ocasión especial?

—He pensado que podría enseñarte a jugar al Golf.

Él frunció el ceño y miró a su alrededor en el pequeño salón de la casita.

—Ya soy un golfista competente.

Danette se echó a reír.

—Es un juego de cartas, y uno de los pocos que es tan divertido tanto con dos como con cuatro personas.

—¿Ah, un juego de cartas?

—Había pensado que te gustaría más cenar aquí que ir a un restaurante, pero si prefieres salir… guardo la cena, me pongo el abrigo y salimos.

—Ni hablar. Es la primera vez que una mujer me prepara la cena.

–¿Y tu esposa?

Él casi nunca mencionaba a Bianca, pero ella sabía que se había casado muy joven y que su esposa había fallecido en un trágico accidente.

–Que yo sepa, Bianca no sabía cocinar.

–¿Acaso era una princesa?

–Para mí sí; aunque no fuera de sangre real. Bianca pertenecía a una familia siciliana muy rica; su madre y la mía eran buenas amigas.

–Parece que estabais hechos el uno para el otro.

–Lo estábamos. Por eso cuando murió para mí fue un infierno.

Danette no supo bien por qué le dolió tanto oírle decir eso; pero sí que se daba cuenta de que él había sufrido mucho.

–Lo siento.

–Gracias. Dicen que el tiempo cura todas las heridas.

–No lo sé, pero sí que mitiga el dolor… o te lo hace más llevadero.

–¿Lo dices por Ray?

–No.

–¿Entonces?

Curiosamente, aunque le había contado bastantes cosas de su vida, nunca le había hablado de su problema de columna. Le dolía mucho hablar de ello, y por eso no lo hacía.

Tampoco había hablado con nadie de su decisión de no tener hijos, precisamente por su problema; ni de lo mal que lo había pasado. El corsé ortopédico había sido una barrera que había distorsionado durante trece años la visión que tenía de su propio cuerpo. ¿Cómo explicar lo que sentía uno cuando se miraba al espejo y veía una silueta definida por un armazón de plástico? En aquella época, nunca sabía si las curvas eran suyas o el resultado del corsé ortopédico que llevaba.

Cuando había dejado de llevarlo, le había dado miedo que su cuerpo volviera a cambiar, que la columna se le torciera de nuevo, y que las curvas femeninas que veía en el espejo desaparecieran. Por fin, a los veintiún años, había sentido que recuperaba su cuerpo, que volvía a ser suyo.

Aunque incluso entonces, cada vez que se miraba al espejo veía el corsé en lugar de ver a la persona, a la mujer.

Miró a Marcello y se encogió de hombros.

—Todo el mundo tiene dolor en su vida, Marcello. Yo no soy distinta a los demás… pero eso ahora no importa. Yo no te he preguntado lo de Bianca para hacerte daño.

Él le rozó los dedos, pero no fue una caricia sensual; sin embargo, el efecto que tuvo en ella fue eléctrico.

—No me has hecho daño, Danette. Tú nunca intentas sonsacarme ningún detalle curioso, ni me animas a desnudar mis sentimientos contigo, y te lo agradezco, de verdad.

Ella se echó a reír.

—Es lógico. Creo que, excepto tú, soy la persona más reservada que conozco.

—Al principio no me pareciste tan reservada —dijo Marcello.

—Es una fachada que utilizo para protegerme. La mayoría de nosotros la tenemos.

—Mis hermanos no son así. Con ellos, lo que ves es lo que hay —respondió él.

—¿Seguro? Estoy segura de que incluso tu padre

tiene una imagen pública y otra privada para preservar su vida íntima.

–Eso sí que te aseguro que no es así. El rey Vincente es tal y como lo ves. Un soberano hasta la médula.

–O tal vez sea un experto a la hora de ocultar sus sentimientos de la gente que más quiere.

–Confía en mí, sus debilidades no las oculta.

A Danette le costaba mucho creer que el hijo pudiera ser tan diferente al padre, pero tampoco conocía bien a ninguno de los dos como para opinar o discutir.

–Si tú lo dices...

–Lo que te digo es que te agradezco mucho que me hayas preparado la cena.

Ella sonrió y lo acompañó hasta un pequeño comedor donde había puesto la mesa con velas y su mejor vajilla.

–Parece el escenario ideal para una seducción.

–A lo mejor lo es –bromeó ella.

Él se volvió hacia ella y le rozó la cara; tenía los dedos calientes, y Danette sintió un cosquilleo que la recorrió de arriba abajo.

–No me importaría –dijo él.

–Lo decía de broma.

–Pues yo no.

–Mmm...… vamos, siéntate a la mesa.

Se sentó y no dijo nada más, pero no dejó de mirarla durante toda la cena, y sus miradas fueron tan efectivas como cualquier caricia.

Se fueron al salón a tomar el postre, sorbete de limón casero. Él le agarró de la mano y tiró de ella para sentarse juntos en el sofá.

–La cena ha estado fenomenal. Gracias, *cara*.

–Esto… de nada.

–Ahora voy a besarte.

–Eh…

–¿Te importa?

–No…

Cuando había pensado en invitarlo a cenar allí, ésa había sido su intención; pero a la hora de la verdad, estaba muy nerviosa.

¿Y si le parecía tan calamidad como a Ray?

Marcello la besó con tanta intensidad, que Danette tuvo que agarrarse a sus hombros para no balancearse, presa del intenso deseo que le encendía las entrañas. A Marcello le sabía la boca a limón y a algo muy sexy. Los besos de Ray habían sido tan diferentes… con Marcello sólo quería más y más. Él se lo dio, exploró su boca con la lengua y dejó que ella le respondiera del mismo modo.

–Ha sido estupendo, *cara* –dijo Marcello mientras le daba besos ligeros y suaves en los labios–. Creo que deberíamos repetirlo.

Ella asintió, incapaz de decir nada.

Entonces él le plantó las manos en la cintura y empezó a acariciarle la espalda y los costados.

–Pero esta vez quiero que te sientes encima de mí.

Él no lo sabía, pero su manera de acariciarla era algo totalmente nuevo para ella. De pequeña, había desarrollado ciertos hábitos para mantener a distancia a los demás. Inconscientemente, también había evitado las caricias de Ray. Y cuando éste la besaba, solía a la vez tocarla íntimamente. Ella no había disfrutado de esas caricias, asumiendo de inmediato la responsabilidad de esa falta de sensaciones; ella nunca había sido una persona muy sexual. En ese

momento se daba cuenta de que había estado totalmente equivocada... maravillosamente equivocada.

Porque reaccionaba a las caricias de Marcello
como una mujer que hubiera pasado toda la vida en
el desierto y de pronto se tirara de cabeza al lago
Erie.

Ray no había tenido lo que ella necesitaba para
sentirse bien; pero las caricias de Marcello embar-
gaban sus emociones.

Se sentó en su regazo, deleitándose con la fuerza
de sus muslos. Él empezó a acariciarle la espalda
con movimientos tan pausados y eróticos, que ella
se estremeció.

—Qué manos tienes...

Él se echó a reír al tiempo que se acercaba para
besarla de nuevo. La acarició por entero muy despacio, como si quisiera conocer cada centímetro de su
cuerpo. Fue sorprendente, y Danette se excitó mucho; los pechos le dolían, y un fuego líquido se con-
centró entre sus piernas.

Marcello dejó de besarla.

—¿Es que no quieres tocarme?

Danette quería tocarlo; y para demostrarlo, le
puso la palma abierta en el pecho. Marcello notó el
calor de sus dedos traspasándole la camisa.

—Quiero sentir tu piel.

—Entonces, hazlo. No voy a rechazarte en modo
alguno, Danette.

Danette le desabotonó la camisa con manos tem-
blorosas y lo acarició. Jamás había sentido nada
igual al tocar a Ray. Exploró su pecho con total con-
centración, absorbiendo cada sensación, cada detalle
de su musculatura, de su piel bronceada, del vello
suave que le cubría el pecho y desaparecía provoca-

tivamente bajo la cinturilla del pantalón. Ella había imaginado el vello masculino más basto; pero el de Marcello era sedoso, maravilloso al tacto. Y además tenía la piel tan cálida que le pareció estar tocando seda caliente.

Le deslizó el índice por el estómago y acabó presionándole el ombligo, para seguir acariciándole por debajo, donde el vello era más fuerte.

Él gimió:

—*Cara*, estás jugando con fuego.

Él era puro fuego, calor básico. Todo lo que un hombre debía ser para una mujer.

Volvió a deslizarle las manos por el torso, deteniéndose en los rígidos pezones masculinos.

—Eres tan distinto a mí —suspiró ella.

—Lo dices como si fuera la primera vez que tocas a un hombre.

—Así no lo he hecho nunca.

Marcello, que le estaba subiendo la camiseta para poder mirarla bien, se quedó de repente inmóvil.

—¿Pero qué estás diciendo? ¡No es posible que seas virgen! No me lo creo.

Ella pestañeó, tratando de darle sentido a la sorpresa de Marcello.

—¿Y por qué no? Ya te dije que Ray no fue mi amante.

—Pero habrá habido otros.

—Pues no.

—Las chicas americanas salen con chicos en el instituto y en la facultad; eso es algo que sabe todo el mundo.

—Pues yo no —la pasión que le obnubilaba el pensamiento empezó a diluirse—. Nunca tuve novio.

–¿Por qué no? ¿Te protegieron mucho tus padres?

–Sí, podría decirse así.

Y ella tampoco había querido salir con nadie. No le gustaba tener que explicar lo del corsé, y no habría permitido que ningún chico la tocara. No soportaba estar tan expuesta.

Marcello se retiró un poco y, con delicadeza, le retiró las manos.

–Esto no está bien. Creí que eras una mujer experimentada. No puedo robarte la virginidad.

No podía decirlo en serio. Aquélla no era una tragedia victoriana, y ella era una mujer moderna. A lo mejor en una época de su vida había pensado esperar a estar casada para tener relaciones sexuales; pero después había cambiado de opinión. Desde que había conocido a Marcello, estaba segura de que quería que él fuera el primero.

Sólo Marcello.

–Pero yo puedo entregártela.

–No estoy buscando alguien con quien casarme. No quiero una relación duradera.

–Yo tampoco quiero casarme.

Se había perdido tantas cosas, las citas con los chicos, los momentos de pasión furtivos que comparten los adolescentes, las aventuras amorosas en el instituto.

–Quiero experimentarlo todo contigo, Marcello. Confío en ti.

–Pero eres virgen. Deberías esperar a estar casada.

–Quiero que tú seas el primero. Nunca he sentido este deseo en mi vida y me temo que no voy a volver a sentir nada igual. Desde luego con Ray no lo sentí.

–Ese Ray era un cretino.

–Sí, pero tú no. Sé que no me harás daño… que puedes hacer de mi primera vez algo especial.

–¿De verdad lo crees?

–Tal vez no seas el playboy que pintan los medios, pero tienes la suficiente experiencia para saber lo que haces. Sólo con acercarme a ti me vuelves loca –Danette no quería rogar, pero estaba muy cerca–. Si me deseas también, al menos un poco… me gustaría que fueras mi primer amante.

–Te deseo mucho más que un poco –susurró en tono ronco mientras bajaba los ojos y su ardiente mirada azulada, esa llamarada de pasión, quedaba momentáneamente velada.

–Me alegro, Marcello, porque yo también te deseo muchísimo.

–Nuestra relación permanecerá en riguroso secreto. No permitiré que los medios de comunicación se metan en mi vida privada, lo cual quiere decir que nadie puede saber lo nuestro.

–Eso no es problema para mí.

Danette regresó al presente. En aquel entonces, en los principios de la relación, a ella no le había importado llevarlo todo en secreto… Pero después de unos seis meses juntos, empezó a molestarle. No sabía qué hacer para solucionar el problema; si acaso tenía solución.

Lo amaba, y ese amor exigía un papel en su vida que iba más allá de una aventurilla secreta. Tal vez si le hablara de sus sentimientos, él reconocería los suyos y podría avanzar en la relación.

Ella no pensaba que a él le faltara confianza. Si

supiera que la amaba, se lo diría; pero se veía que, desde la muerte de su esposa, tenía el corazón condenado. Danette había conseguido que se abriera un poco, y prueba de ello eran todos los ratos que pasaban juntos.

Aunque él se negaba a decirle cuántas mujeres había habido en su vida antes que ella, en una ocasión se le había escapado que ninguna le duraba mucho. Llevaba con ella seis meses y no había indicación de que estuviera pensando en olvidarse de ella.

Además, a menudo hacían el amor sin usar protección; sin ir más lejos la noche anterior.

La primera vez que ocurrió, Danette se había sorprendido de lo que se le había pasado por la cabeza después. En la adolescencia, había decidido no tener hijos para que no heredaran su deformidad en la espalda. El lapso de Marcello debería haberle disgustado; pero, por el contrario, había imaginado un niñito de ojos azules y la sonrisa de su padre.

Y con la imaginación había deseado tanto ese niño que la mezcla de dicha y congoja había resultado desconcertante.

Pero no se había atrevido a arriesgarse y le había dicho a Marcello que quería tomar la píldora; Marcello había insistido en que no era necesario. Él sabía que en la familia de ella había habido casos de cáncer de mama, y el uso de la píldora a largo plazo estaba contraindicado.

Danette había accedido a dejar que él se hiciera cargo de poner los medios necesarios y no había vuelto a decir nada hasta la siguiente vez que Marcello se había vuelto a olvidar. En lugar de decirle nada, empezó a buscar información sobre la posibilidad de que sus futuros hijos pudieran heredar la escoliosis juvenil severa que ella había padecido. Y así fue como descubrió que, lejos de lo que ella pensaba, no había predisposición genética para lo que le había pasado a ella.

Pero tampoco iba a ignorar que su madre había padecido la misma enfermedad pero más leve que ella. Sin embargo, cada vez estaba más convencida de que tener hijos era un riesgo que merecía la pena tomar. Se negaba a permitir que su enfermedad infantil y lo que representaba se interpusiera entre Marcello y ella.

Marcello se olvidaba de utilizar preservativo casi la mitad de las veces; y Danette entendió que si era tan descuidado era porque seguramente se sentiría muy a gusto con ella y tendría planes de futuro.

Él no era un hombre irresponsable, y estaba segura de que le ofrecería matrimonio si se quedaba embarazada. Marcello era una persona tradicional y muy responsable con la familia, y ella no imaginaba que pudiera contemplar la idea de que un hijo suyo fuera ilegítimo. Pero de momento él no le había dicho nada de que pudiera querer compartir su vida con ella.

Tal vez fuera un impulso inconsciente en él, pero Danette notaba que sentía algo por ella. Sin embargo, por mucho que deseara oírselo decir, no podía hacerlo por él. Era él quien tenía que decírselo.

La muerte de su esposa le había destrozado, y Danette sabía que él no quería arriesgarse a volver a sufrir de esa manera. Lo que sí podía decirle era que el amor no tenía ninguna regla.

Ella había ido a Italia a curar sus heridas; sin

pensar en ningún momento en iniciar otra relación sentimental. Pero eso era precisamente lo que había hecho; y en unas semanas se había involucrado más con Marcello de lo que lo había hecho con Ray en muchos meses.

Había conocido a Marcello siendo virgen, y sabía que eso era tan importante para él como para ella.

En parte deseaba quedase embarazada, y que ya no pudieran seguir manteniendo en secreto su relación. Pero por otra parte le daba miedo la idea del embarazo; además, quería que él se diera cuenta sin presiones de lo que sentía por ella de verdad. Necesitaba saberlo, no esperar que fuera así.

A lo mejor diciéndole que lo amaba derribaría el último muro que rodeaba su corazón; el más importante.

Así lo esperaba; porque si no lo conseguía, no sabía qué iba a hacer.

Ese día, cuando él fue a su despacho a pedirle el informe sobre el proyecto Córdoba, Danette se sintió más animada. Marcello se lo podría haber pedido fácilmente a su secretaria.

Capítulo 4

ENTRÓ en el despacho de Danette, y cuando ella le sonrió, Marcello sintió como un golpe de intensas sensaciones en el pecho.

Sólo hacía unas horas que habían estado juntos en la cama, pero al ver sus cálidos ojos color caramelo, aquel fuego que resplandecía en su mirada, Marcello reaccionó como si hiciera meses que no la veía. Se excitó de tal modo que le resultó casi molesto. Impulsivamente, se dio la vuelta y cerró la puerta, aunque no fuera lo más recomendable.

–Tengo el informe para ti aquí mismo –dijo ella mientras se colocaba el pelo detrás de la oreja y le guiñaba un ojo con coquetería–. Has venido por eso, ¿no?

La significativa mirada que Danette dirigió a la puerta cerrada desmintió la inocencia de sus palabras; él le respondió con una sonrisa. Era superior a sus fuerzas; pues desde que la conocía, siempre había reaccionado así con ella, de un modo incontrolable. Llevaba ya unos meses tratando de negar lo que sentía por ella, pero sin duda estaba perdiendo la batalla. Nunca se había interesado por ninguna empleada, ni siquiera para entablar una amistad; pero con ella todo era distinto.

Le había sido imposible ignorar lo mucho que la deseaba, o no darse cuenta de que esa sonrisa tan dulce sólo se la dedicaba a él. Todo eso alimentaba su anhelo; para él era una especie de adicción de la cual no se podía librar. Detestaba la debilidad que representaba ese apego, pero con el tiempo se había dado cuenta de que ceder a ella también tenía su recompensa. Cuanto más tiempo pasaba con ella, más paz sentía, sobre todo después de hacer el amor.

En ese momento sabía que debía abrir la puerta y centrarse en el trabajo; pero no fue capaz. Miró a Danette de arriba abajo con apreciación mientras el deseo lo sacudía con fuerza. Entendió que una cosa era saber lo que debería hacer, y otra ser capaz de hacerla.

—Ésa fue la excusa que le di a mi asistente, sí.

—A lo mejor quieres algo más dc mí —dijo ella con provocación.

Marcello sintió un efecto inmediato.

Al principio, sus modales coquetos y esa franqueza suya tan típicamente americana le habían dado a entender que era una joven experimentada. Hasta que no había estado con ella no se había enterado de que era virgen. De los hombres sabía aún menos que del sexo; y él se había aprovechado de su disposición a aprender con él.

Con mucho cuidado, le había explicado los límites de su relación; consciente de que ella tenía derecho a saber que iban a la cama y no al altar. Se lo había dejado muy claro: nada de compromisos, nada de lazos permanentes y un secretismo absoluto.

Ella nunca le había sacado el tema de las dos primeras condiciones, y por lo tanto él asumía que entendía perfectamente la naturaleza de su relación. Pero a ella esa necesidad de llevarlo todo en secreto había empezado a hacérsele muy cuesta arriba. Le había dolido ver la foto del periódico, y a él no le hacía gracia hacerle daño; pero si los medios de comunicación se enteraban de la existencia de Danette en su vida, no la dejarían en paz.

Aunque entendía los sentimientos de Danette al respecto, no podía ceder. Era imperativo que permaneciera fuerte por el bien de los dos. Detestaba que su verdadera vida privada quedara expuesta a la vista del público; ya había sufrido bastante con eso durante su matrimonio. La prensa los habían perseguido a Bianca y a él desde el principio; y él estaba convencido de que su insistencia había desencadenado en lo que pasó después. Se habían casado jóvenes y eso en sí había sido suficiente para salir en primera plana: la prensa rosa había especulado sobre una boda rápida fruto de un desliz.

Después, cuando pasaron dos años y ella no se había quedado embarazada, los medios empezaron a especular. Era un mero reflejo de las preocupaciones que Bianca y él compartían en la intimidad de su cuarto, ya que desde la noche de bodas no habían utilizado medios anticonceptivos. Ella había sido la primera que se había hecho pruebas, descubriendo que su sistema reproductor funcionaba con normalidad.

Él también se había animado a hacerse pruebas, sin saber que al final esas pruebas demostrarían que el recuento de espermatozoides era bajo. Marcello jamás olvidaría la humillación que había sentido cuando uno de aquellos periodicuchos llenos de mentiras se había enterado de su casi esterilidad. Habían contado la historia, y luego otros la habían retomado y vuelto a contar; hasta que su esposa no había podido salir a la calle sin que le preguntaran continuamente si tenían la intención de adoptar, si se harían una inseminación o cosas peores.

Bianca le había dicho que no le importaba, que aguantaría, pero Marcello había visto su sufrimiento cuando sus amigas se iban quedando embarazadas y ella no; o su expresión anhelante cuando tenía en brazos a los bebés de sus primas, y la había oído llorar en el cuarto de baño de noche, cuando le creía dormido.

Había sentido como si le arrebataran la virilidad; y eso, a la vista del público, había sido diez veces peor. Jamás volvería a pasar por nada así si podía evitarlo.

–¿Marcello? –se oyó la voz dc Danette, en tono ligeramente preocupado.

Marcello desechó los tristes pensamientos y se centró en la situación del presente.

–Desde luego que hay algo más que puedes darme –se refería a algo más que su cuerpo o que su deseo.

Hacer el amor con Danette ahuyentaba los fantasmas del pasado… temporalmente.

–¿Algo más importante que el informe? –le preguntó ella con una vulnerabilidad que a Marcello le habría gustado no ver.

Danette quería oírle decir que ella le importaba más que el trabajo que hacía en la empresa; pero Marcello sabía que eso implicaría que su relación tenía una profundidad que él había tenido cuidado de no establecer. Pero al ver cómo lo miraba, entendió que, si no le daba lo que le pedía, sería injusto con ella.

Danette merecía mucho más de lo que él podía darle. Merecía estar con un hombre con quien tuviera futuro; no con un príncipe playboy que sólo podría ofrecerle su cuerpo y su amistad de puertas para adentro.

El saber lo que ella merecía y necesitaba no disminuía su deseo por ella; sino todo lo contrario. Y Marcello no estaba dispuesto a renunciar a ella. Todavía no.

Un día, Danette seguiría adelante con su vida; pero hasta entonces se entregaría a ella y tomaría todo lo que ella quisiera darle.

–Desde luego me parece más urgente –dijo él.

Eso la apaciguó, y Danette sonrió de nuevo; esa vez, su mirada se oscureció con un ardor que le resultaba conocido.

–¿Y qué podría ser?

Él se apoyó contra la puerta y abrió un poco las piernas; no pensaba moverse de allí.

–Ven aquí y te lo cuento.

–No lo creo –ladeó la cabeza y lo miró–. Te veo peligroso.

–¿Y crees que la mesa que nos separa te protege?

Ella se encogió de hombros, pero la mirada que le echó fue de verdadera provocación.

–Tal vez. Supongo que depende de cuánta energía estés dispuesto a quemar.

Él se apartó de la puerta y se acercó a ella, todo él vibrando con la tensión sexual que sólo ella le provocaba. Cuando llegó junto a ella, Danette retiró la silla con rapidez. Pero el troglodita que llevaba dentro se adelantó también con rapidez para no dejar escapar a su presa.

Las bromas dieron paso a un deseo intenso y peligroso que él nunca había demostrado en la oficina.

—¿Marcello, pero qué haces? Estábamos de broma…

Ella sí. Coqueteando de aquel modo que sabía que le volvía loco, sin imaginar en ningún momento que él le seguiría el juego allí en la oficina.

Le tomó la mano y tiró de ella para levantarla de la silla.

—Te deseo, Danette. Ahora.

—Marcello…

La interrumpió con un beso apasionado, dejando claras sus intenciones…

El urbano y sofisticado playboy por el que todos le tenían dio paso a un hombre de ardientes pasiones, atizadas por la masculinidad que sólo mostraba delante de ella y que tan irresistible le resultaba.

El beso pasó a ser incendiario en pocos segundos. Le succionó los labios y empujó la lengua en un segundo, exigiendo entrada, mordisqueándole al mismo tiempo el labio inferior. Ella se entregó a él con la misma pasión y lo besó con erótico abandono, incapaz de saciarse de él. Y cuando Marcello empezó a besarle y lamerle el cuello, ella perdió la noción de la realidad.

—¿Aquí? ¿Quieres hacer el amor aquí?

Su respuesta fue el rugido de un animal primitivo, al tiempo que le apretaba un pecho con erotismo.

Ella gimió.

—Calla, *amore mio*, no debes hacer ruido… —demandó él.

—No puedo…

—Puedes y lo harás —le susurró él mientras seguía con sus caricias sensuales.

Danette le tiró de la corbata, le deshizo el nudo y

empezó a desabrocharle los botones con impaciencia hasta dejar al descubierto su pecho velludo y musculoso. Era un hombre bellísimo, una maravilla de la naturaleza.

–Sí, así, Danette *mia*… Entrégate a mí…

Ella se inclinó y empezó a mordisquearle y a lamerle un pezón, como sabía que a él tanto le excitaba; Marcello se estremeció mientras le abría la blusa como podía, dejando al descubierto sus pechos bajo la tela del sujetador. Con habilidad le abrió el broche delantero y empezó a atormentarla con sus caricias, sabiendo que la llevaría hasta las más altas cimas del placer incluso antes de tocarla íntimamente.

La acarició por todas partes, y le metió las manos por debajo de la falda con una falta de delicadeza que demostraba su falta de control. Y cuando ella empezó a desabrocharle el cinturón, Marcello se estremeció de arriba abajo. Danette continuó muy despacio; pero no tardó en bajarle los pantalones y la ropa interior, dejando al descubierto su miembro erecto y palpitante que acarició y apretó con gesto posesivo.

Él la sentó en el extremo del escritorio.

Como siempre, Danette llevaba medias, no pantys, y las braguitas eran de seda, casi como si no las llevara. Marcello las enganchó y arrancó de un tirón, con una violencia primitiva que la excitó todavía más. Sin perder un segundo, buscó la abertura de su sexo y le deslizó un dedo.

–Eres toda mía…

–Sí… –susurró ella.

Al momento estaba allí, donde ella más lo necesitaba, y Danette gimió con el exquisito placer de su unión. Su miembro grande y palpitante se abrió paso entre sus piernas, que ella separó y enganchó a la cintura de Marcello. Él le agarró de las caderas y la embistió sin tregua; y Danette sintió algo tan especial, tan maravilloso, que tuvo que contener las lágrimas de emoción.

–Estás hecha para mí –le susurró él en el pelo, antes de volver a llenarla del todo.

Ella no pudo responder. Le dolía la garganta de las ganas que tenía de gemir y llorar de placer. Así que apretó la cara contra su cuello y se mordió los labios, mientras él la penetraba con fuerza y toda ella se estremecía de placer con la sacudida de un intenso clímax.

Marcello se agarró a sus caderas con violencia, mientras ahogaba un gemido y se ponía rígido dentro de ella, segundos antes de verter el fruto de su placer dentro de ella. Permanecieron así unidos en un éxtasis primitivo durante unos segundos. El tiempo no significaba nada en ese plano de la existencia. Tan sólo las sensaciones tenían importancia, y fueron tan abrumadoras que Danette sintió como si perdiera el equilibrio.

–No puedo creer lo que acabamos de hacer –dijo Marcello.

Danette pensaba lo mismo.

–Has empezado tú.

Él se echó a reír antes de levantarle la cara para besarla de nuevo.

–Tú me has provocado, *amore mio*, no lo niegues. Sabes que te encuentro irresistible.

–No era mi intención provocar esto.

Y era cierto.

–Lo sé –dijo él–. Eres demasiado inocente como para empezar algo así.

–¿Y tú no? –le preguntó ella, aún deleitándose con la sensación de su miembro aún dentro de ella.

–Hace mucho que dejé atrás toda inocencia; pero si te estás preguntando si el sexo en la oficina es algo que hago a menudo, la respuesta es no.

Su comentario le dejó más tranquila. El pasado de Marcello no era asunto suyo; pero que quebrantara una regla por ella sí que lo era.

Él sacó un pañuelo de papel de una caja que había en una mesa contigua y empezó a limpiarla entre las piernas.

–Marcello... –dijo Danette, más azorada por eso que por lo que acababan de hacer.

–Así estarás más cómoda.

–Te lo agradezco –balbuceó ella, sin saber qué decir.

Él la miró y vio que se había sonrojado.

–¿Cómo puedes sonrojarte ahora después de lo que hemos hecho?

–Es verdad... pero es que cuando me tocas, me olvido de todo lo demás, Marcello...

–Ahora te estoy tocando.

–Pero no es lo mismo.

–Mi cuerpo no entiende de razones, sólo de piel.

Ella bajó la vista y vio que se excitaba de nuevo.

–¡Pero es imposible...! ¿Quieres hacerlo otra vez?

–Quiero, no te equivoques; pero no voy a hacer nada. Aquí no. No debería haberte besado; aún no me creo que lo hayamos hecho en tu despacho. Se me ha ido la cabeza.

–Lo dices como si te pesara haberlo hecho conmigo.

–A mí nunca me pesa el placer que encuentro entre tus brazos.

—Bien, porque yo tampoco me arrepiento.

Marcello se abotonó la camisa y se la entremetió debajo de los pantalones, antes de subirse la cremallera.

—Fue lo que dijiste la primera vez que hicimos el amor. ¿Te acuerdas? —preguntó él.

—Pues claro que me acuerdo.

Danette se colocó el sujetador y la blusa con impaciencia, temerosa de que alguien llamara en ese momento a su despacho.

—He sido tu primer amante y tú lo quisiste, aunque no pude prometerte lo que una virgen querría escuchar de su primer amante —dijo él sin mirarla, mientras se colocaba la corbata.

—¿Vamos a volver a hablar de ese tema?

Cosa rara, Marcello suspiró cansinamente.

—No hay necesidad —dijo él.

—Bien.

Además, promesas o no, él le había demostrado repetidamente que ella era especial para él. Danette terminó de vestirse y tiró las braguitas a la papelera al ver que habían quedado inservibles.

—¿Te veré esta noche?

Él se ajustó el nudo de la corbata, quedando tan atildado y formal como un rato antes.

—Esta noche tengo planes.

—¿De negocios? —le preguntó ella.

—¿Importa acaso?

Ella frunció el ceño.

—¿Tú crees que está bien decirme eso después de la conversación de anoche?

Él sacudió la cabeza con impaciencia.

—No voy a salir con otra mujer.

—Entonces la cita es de negocios.

Por toda respuesta Marcello volvió a encogerse de hombros. Danette estaba a punto de pedirle que fuera más explícito, cuando él se agachó y sacó las braguitas de la papelera.

–¿Qué haces? No me digas que quieres tener un recuerdo.

–No quiero dejarlas por si las ve la señora de la limpieza. Podrían empezar a comentar.

–¿Y no crees que lo harán después de llevar aquí diez minutos con la puerta cerrada?

–La puerta puede estar cerrada por muchas razones; pero salvo el sexo no hay nada que explique la presencia de unas bragas rotas en la papelera.

–Entiendo. Y por supuesto sería una gran tragedia si alguien se enterara de que has estado haciendo el amor conmigo.

Fue él quien frunció el ceño.

–Ya hemos hablado de esto.

–Sí.

Él la abrazó, pero ella estaba muy tensa.

–Lo creas o no –suspiró él–, te estoy protegiendo tanto a ti tanto como a mí mismo. No sabes lo dañina que puede ser la prensa del corazón.

–Te equivocas. Lo sé. Pero a mí eso no me da tanto miedo como a ti; ésa es la diferencia.

Recordó cómo había respondido Angelo cuando la prensa había atacado a Tara con sus horribles historias. La había apoyado, orgulloso de ser su amante; claro que Angelo quería casarse con ella.

Marcello parecía muy ofendido.

–Yo no tengo miedo.

–Como tú quieras.

–¿Es que quieres discutir? –le preguntó asombrado, seguramente por lo que acababan de hacer.

Ella no quería.

—No.

Marcello recogió el informe de la mesa.

—Tengo que irme.

—Sí.

—No me gusta verte así —añadió Marcello.

—¿Cómo?

—Te falta ese brillo habitual.

Ella no sabía de qué hablaba.

—Estoy como siempre estoy en el trabajo.

—No es cierto. El fuego de tus ojos dorados ha sido lo que me ha provocado primero.

—Bueno, los dos sabemos que no fue mi cuerpo —intentó bromear ella.

Ella no tenía demasiadas curvas, ni tampoco era muy guapa; por eso aún le sorprendía que Marcello la hubiera escogido de amante, secreta o no.

—Tienes un cuerpo perfecto, ¿o acaso no te lo he dejado claro?

Lo único que tenía claro era que la encontraba irresistible; pero aparte de no entenderlo, no estaba segura de que eso le bastara.

Y si no lograba convencerse de que ella le importaba, al menos un poco, acabaría desesperándose.

—Si no te marchas, van a empezar a criticarme.

Él asintió mientras la miraba a los ojos, buscando respuestas. Pero en ese momento Danette no tenía ninguna.

Marcello se detuvo un momento a la puerta, antes de salir.

—Podría pasarme más tarde, esta noche.

La sugerencia de Marcello le ilusionó.

—Si quieres…

–Sí que quiero. Me encanta dormir contigo. Y esta noche no habrá barreras –dijo, demostrándole de nuevo que él tenía los mismos pensamientos que ella.

¿Acaso esa intimidad de pensamientos no significaba nada?

Danette esperaba que sí; porque si al final sólo era una compañera de cama para él, dudaba mucho que pudiera superar el dolor de esa realidad.

Capítulo 5

ESA misma tarde, Lizzy se pasó por el despacho de Danette para preguntarle si le apetecía salir a cenar para celebrar el haber terminado el proyecto Córdoba.

Danette aceptó sin vacilar.

–Qué buena idea.

Mucho mejor que pasar la noche sola, preguntándose dónde estaría Marcello.

–¿Dónde quieres comer?

–Elige tú.

–Ni hablar, ésta es tu celebración.

Danette nombró uno de sus restaurantes favoritos, donde había ido por primera vez con Marcello. El local lo regentaba una familia y la comida era estupenda. No era muy selecto, y a menudo Danette se había preguntado si Marcello no la habría llevado allí porque era un sitio muy tranquilo y por la calidad de la comida. Desde luego no era de esos sitios que frecuentaban los paparazis en busca de una foto millonaria.

Cuando llegó al local, Danette le preguntó a Giuseppe, el dueño, si Lizzy había llegado ya.

–¿Hoy no cena con el príncipe? –le preguntó Giuseppe en lugar de responder a su pregunta.

–No.

El hombre frunció el ceño con una expresión curiosa que sorprendió a Danette. Incluso le pareció como si al viejo siciliano le preocupara algo; pero Danette no imaginaba el qué.

–Tus amigos están por aquí –fue lo único que dijo el hombre.

La condujo hasta una mesa al fondo, y cuando llegó, entendió la preocupación de Giuseppe. Lizzy no era la única persona a la mesa; su novio y Ramon también estaban allí.

Ramon había colaborado en varias secciones del proyecto Córdoba, y tal vez estuviera allí también para celebrarlo. Pero a Danette le daba la impresión de que la presencia de Ramon era el fruto de las dotes de casamentera de su amiga. Ya la pillaría cuando estuvieran a solas; por el momento, Danette se limitó a sonreír cuando Ramon se levantó a retirarle la silla.

–Gracias.

–El placer es mío. Me alegra mucho que por fin te hayas animado a que nos veamos fuera de la oficina.

Lizzy se ruborizó, y Danette estuvo a punto de decir que ella no había decidido nada; pero no quería molestarle. No era culpa suya que Lizzy estuviera haciendo de casamentera. Ramon siempre había sido amable con ella, aunque tuviera aquella fama de ligón empedernido. Y en el fondo tampoco podía enfadarse demasiado con Lizzy. La otra no sabía que ella mantenía ya una relación, aunque sí que Ramon no le interesaba.

–Échale la culpa a Lizzy.

Sabía que la culpa era de Lizzy, y se lo dijo a la otra con la mirada. Pero su amiga se limitó a devolverle la sonrisa, claramente satisfecha con un plan bien ejecutado.

Estaban tomando la ensalada, Ramon encantador y Danette más relajada pues se lo estaban pasando bien, cuando de pronto notó una extraña sensación en la espalda.

Volvió la cabeza, sonriendo por un comentario que acababa de hacer Ramon, cuando de pronto se quedó helada. Reconoció a Marcello, que estaba con otras tres personas.

La mujer mayor de cabello rubio dorado, del mismo tono que Marcello, y una cara tan preciosa como la de él, era su madre. El hombre sentado junto a Marcello era su hermano mayor, el príncipe Tomasso Scorsolini, y la mujer que estaba con él, radiante de felicidad, era su prometida, Maggie Thomson.

Así que no era un asunto de negocios, sino familiar; pero Marcello no había querido presentarle a su familia. Danette entendía que Marcello rechazara la intromisión de los medios. ¿Pero por qué tenía que ser también un secreto para su familia? Estaba segura de que ninguno de ellos le contaría nada a la prensa.

Él debió de sentirse observado, porque en ese momento volvió la cabeza y los dos se miraron a los ojos. Marcello los entrecerró un instante, antes de volverse a mirar a su madre, que en ese momento le decía algo, y fingió no haberla visto. El gesto de Marcello le partió el corazón, y sintió como si le clavaran un cuchillo afilado.

—¿Ese de allí no es el gran jefe? —susurró Lizzy con exageración—. ¿El príncipe?

Ramon se dio la vuelta y miró a los recién llegados.

—Sí, es él.

Giuseppe los acompañó hasta una mesa que no

quedaba lejos de donde estaban Danette y sus compañeros.

De pronto sintió que no podía respirar, y se preguntó qué pasaría si él pasara de largo sin ni siquiera saludarla. Por lo menos en el trabajo la saludaba siempre, como a todos sus demás empleados.

Ramon se puso de pie con una sonrisa y fue a saludar a Marcello. Entonces Marcello les presentó a toda su familia, diciendo que eran empleados suyos de Naviera Scorsolini.

Cuando la presentó a ella no dijo nada distinto, ni hizo ningún gesto; y nadie se dio cuenta de que hubiera nada especial entre ellos dos. Era lo esperado, y sin embargo le dolió. Le dolió, y no importaba que no la hubiera engañado, o que su comportamiento fuera el habitual; le dolió, y punto.

Tenía el corazón encogido de dolor.

Respondió algo cuando hicieron las presentaciones, aunque no supo qué, porque el cerebro no le funcionaba. Marcello entrecerró los ojos y ella se preguntó si habría dicho algo fuera de tono; pero aparte de Danette, nadie pareció darse cuenta de nada. Debía de haber sido su imaginación.

Lizzy hizo un comentario gracioso, y todos se echaron a reír. Cuando Danette notó que la miraban, se dijo que debía de haberse perdido algo.

—Tiene la cabeza en las nubes —Lizzy sonrió—. Acaba de terminar un proyecto, y me parece que ha trabajado mucho para que saliera bien.

—Y yo que pensaba que estaba emocionada porque finalmente ha accedido a salir conmigo —dijo Ramon, con tan buen humor que incluso Danette sonrió.

Todos se echaron a reír; todos, salvo Marcello.

Su mirada fulminante sólo perturbó su semblante unos segundos, y enseguida disimuló sus sentimientos.

—¿Lo ves, Marcello? Esto es lo que deberías hacer, hijo mío.

—¿El qué, mamá?

—Deberías hacer como hacen estos jóvenes, salir con alguna chica agradable; pero tú sólo quieres trabajar y trabajar —sacudió la cabeza con pesar—. Sólo piensa en los negocios. Hay muchas jóvenes de la empresa con las que podrías salir.

—No tengo costumbre de salir con las empleadas —dijo con toda seriedad.

Danette notó que se ruborizaba de vergüenza. ¿Entonces qué tenía con ella? ¿Sólo una serie de encuentros clandestinos? En el fondo, ella sabía la respuesta a esa pregunta.

Porque eso era exactamente lo que tenían. Sus encuentros secretos no significaban más para él que una noche loca con cualquier otra mujer. Teniendo en cuenta que ni siquiera había querido contarle nada a su familia, no podrían significar otra cosa.

—Me alegra que no esperes que tus empleados se ciñan a ese principio —dijo Ramon, sonriendo a Danette.

Lizzy y su acompañante se identificaron también con las palabras de Ramon, y Marcello se limitó a encogerse de hombros. Pero Danette percibió la dureza de su mirada al mirar a Ramon.

Pero no podía dejar pasar la oportunidad sin decir nada.

—¿Entonces nunca sales con tus empleadas? —le preguntó, temblándole un poco la voz.

—Mi vida privada está al margen del trabajo —dijo, por decir algo.

–En Naviera Scorsolini no hay mujeres lo sufi-
cientemente elegantes para el príncipe –dijo Lizzy
con frescura–. En las fotos he visto las mujeres con
las que sale. La mayoría parecen o son modelos. Y la
que se case con el príncipe será una princesa, ¿no?
La señorita Thomson sí que encajará bien –miró a la
preciosa prometida del príncipe Tomasso–. Pero no
creo que en Naviera Scorsolini haya mujeres tan be-
llas y elegantes.

Maggie Thomson emitió un sonido de protesta,
y el príncipe Tomasso le sonrió.

–Ya te he dicho que eres la pareja perfecta para
mí.

Lizzy los miraba con aire soñador.

–¡Qué romántico!

–Mucho –comentó Danette, que no se sentía
nada romántica en ese momento–. Seguro que si
Marcello saliera con una modelo o una mujer tan
preciosa como la futura princesa, no se preocuparía
tanto de su vida privada.

Las palabras de Danette encerraban un mensaje
destinado sólo a él; pero fue después de pronunciar-
las cuando se dio cuenta de que lo había llamado
por su nombre de pila, cuando debería haberle llamado por lo menos *signor* Scorsolini.

No supo decir si su gesto hosco se debía a la me-
tedura de pata o a lo que había dicho.

–Estás de broma, ¿no? –soltó Lizzy de pronto–.
La foto en la que sale bailando con la rubia en la
fiesta de cumpleaños de su padre no tiene nada de
secreta. *Oh là là*… menuda parejita –meneó las ce-
jas dramáticamente, consiguiendo que todos se
echaran a reír.

–Ésa sólo fue una de las preciosidades con las

que bailó esa noche –comentó Maggie Thomson con una sonrisa–. No me importa reconocer que en el fondo yo me alegré de que estuviera allí para que dejaran un poco tranquilo a Tomasso.

–Me gusta ayudar a los demás –dijo Marcello forzando una sonrisa.

Danette dudó de que ningún otro se hubiera dado cuenta. Por su parte, ella tampoco estaba para bromas. Ladeó ligeramente la cabeza y se fijó en su hermano. Los dos se parecían mucho; eran altos y con el mismo color de ojos. Marcello era un poco más moreno de piel, pero ambos tenían el pelo muy parecido y con el mismo pico delante. El aire de confianza y seguridad en sí mismos era similar en los dos hermanos.

–Dígame una cosa, príncipe Tomasso, si no le importa –se atrevió a decir Danette.

El príncipe rodeó la cintura de su prometida y le sonrió a ella.

–¿Qué cosa es?

–¿Cómo consigue equilibrar sus deberes como príncipe con su vida personal? ¿Por ejemplo, podría bailar con otra mujer, como hizo su hermano, a la vez que intenta cortejar a su prometida e intenta convencerla de que la quiere?

–Ah, pero debes recordar que mi hermano es lo bastante listo como para no haberle dicho eso a ninguna, así que la pregunta no tiene sentido. Él se las apaña bien con las mujeres. Pero si quieres que te diga la verdad, debes saber que Maggie me aplastaría la cabeza si bailara con otra mujer como bailó mi hermano en la fiesta de nuestro padre. Y con toda la razón. La verdad es que le tengo mucha estima a mi cabeza y quiero que siga de una pieza.

Todos se echaron a reír, aunque Danette se quedó helada pensando en las palabras de Tomasso. Marcello no había disimulado con esas mujeres, sino que se lo había pasado en grande, tanteando el terreno. Tal vez incluso buscándole una sustituta.

Tal vez no se acostara con ninguna, pero de todos modos le dolió. Miró a Marcello a los ojos y supo que él vio su dolor allí reflejado.

De pronto Marcello maldijo entre dientes, sorprendiendo a todos los que estaban allí.

–¿Qué pasa? –le preguntó Tomasso, sorprendido.

–Yo no bailé como un maldito gigoló.

–Yo no he dicho eso. Sólo que te lo pasaste bien, como soltero que eres, y que te divertiste bailando con una y con otra. Yo, sin embargo, me alegro de estar comprometido –añadió, mirando a Maggie de un modo que disipó cualquier duda que pudiera haber.

Danette tenía tantas ganas de echarse a llorar que le ardían los ojos, y aspiró hondo para no quedar en ridículo. Por su parte, Marcello parecía a punto de estallar. Sin embargo, Danette no entendió por qué, ya que su hermano tampoco había dicho nada que no fuera verdad.

Lizzy suspiró con gesto soñador.

–¡Qué tierno!

Su acompañante sonrió.

–Yo puedo ser igual de tierno, ¿acaso lo dudas?

Ella se echó a reír.

–Pues claro que no. Si no, no habría salido contigo.

–Es preferible que os dejemos cenar –dijo Danette, sin mirar a Marcello a los ojos.

Quería que volvieran a su mesa, y poco le importaba quedar mal. No sabía cómo iba a soportar el resto de la cena; pero ya se las apañaría. No pensaba hacer el ridículo en público por una relación sobre la que nadie salvo Marcello sabía nada.

–Nosotros tampoco os estamos dejando cenar –dijo Flavia Scorsolini.

Marcello y los demás siguieron a Giuseppe, que se acercó para terminar de acompañarlos a la mesa; pero la que había sido reina se paró un momento al lado de Danette y puso su mano sobre su hombro.

–Ha sido un placer conocerte; conoceros a todos.

Danette miró a la mujer y tragó saliva para disimular su angustia.

–Gracias –respondió–. También ha sido un placer conocerla.

Sus compañeros dijeron más o menos lo mismo.

Flavia negó con la cabeza, como si la preocupara algo.

–Tal vez volvamos a vernos.

–Lo dudo mucho.

La mujer ladeó la cabeza y miró a Danette un buen rato.

–Quién sabe… –añadió enigmáticamente antes de continuar.

–Qué encuentro tan extraño, ¿no? ¿No crees que el jefe estaba un poco raro? –dijo Lizzy cuando se marchó Flavia.

–A mí me parece que estaba como siempre.

–Pensé que me daba algo cuando le has llamado Marcello, y encima delante de su familia –Lizzy se estremeció–. Me alegro de que no esté tan obsesionado con el protocolo como lo están algunos italianos.

–Él nunca despediría a un empleado por ese tipo de cosas –comentó Ramon.

Entonces Ramon y el acompañante de Lizzy se pasaron diez minutos hablando maravillas de Marcello, y de lo mucho que admiraban el que no utilizara su estatus real para dirigir la empresa.

Danette escuchó la conversación durante el resto de la velada, pero sólo participó cuando le preguntaban algo directamente.

La mesa de Marcello estaba más o menos enfrente de la suya. Danette intentó no mirarle, pero hubo un momento en que inevitablemente se miraron a los ojos. Sin embargo, ella desvió la mirada antes de que lo hiciera él. Ya había sufrido bastante rechazo esa noche por parte de Marcello.

Tuvo cuidado de no volver a mirarlo el resto de la cena, aunque más de una vez notó que él la miraba.

Cuando llegó el momento de marcharse, Ramon se ofreció a acompañarla y ella aceptó agradecida. No quería ir con Lizzy porque tres eran multitud.

Ramon la llevó a casa y aparcó el coche justo delante. La acompañó hasta la puerta y esperó mientras ella abría.

–Gracias por una velada tan agradable.

Danette sabía que no había estado muy animada durante la cena; pero por lo menos había conseguido aguantarse las lágrimas para no hacer el ridículo.

–Gracias, Ramon.

Él la agarró de los hombros para darle un beso de buenas noches, pero ella se retiró.

–Lo siento, no…

Él varió la dirección del beso y se lo dio en la mejilla, antes de retroceder y sonreír.

–Sabes, creo que es mejor. El jefe no ha parado de mirarte durante toda la cena, y me ha dirigido un par de miradas de advertencia. Me gusta mucho mi trabajo, y creo que quiero conservarlo.

–Estoy segura de que no te echaría por salir conmigo.

–A lo mejor no, pero no me importa no probarlo –entonces se puso derecho–. Saldría contigo fuera como fuera si tú me hubieras animado, ¿entiendes?

–Sí, lo entiendo. Tú no eres de los que se echa atrás –dijo Danette para que el otro se sintiera mejor, aunque estaba convencida de que era verdad.

Después de todo, había tratado de besarla después de decidir que Marcello tenía interés en ella; pero como ella no le había animado, había decidido retirarse.

–Ten cuidado con él; se mueve en un mundo distinto al de los meros mortales.

–Te creo.

Cuando llegó Marcello una hora más tarde, ella estaba sentada en una silla. Sabía que iría, pero no le había esperado tan pronto. Debía de haber abreviado la reunión con su familia, y Danette se preguntó por qué. No era posible que estuviera preocupado. La enorme confianza en sí mismo no permitiría que nada cambiara entre ellos sólo por unos cuantos comentarios durante un encuentro inesperado en un restaurante. Pero para ella todo había cambiado; no podía seguir siendo su amante secreta.

Cuando él salió del coche, Danette ya había abierto la puerta.

–Menos mal que Ramon no está aquí –dijo él nada más entrar con expresión seria–. Llevo todo el camino imaginando qué haría si lo encontrara aquí contigo.

–Yo sé lo que habrías hecho –dijo Danette, tremendamente dolida–. Te habrías dado la vuelta al ver su coche. Cualquier otra opción habría significado que venías a verme.

–Entonces me parece que te falta imaginación. En mi imaginación había sangre, y para eso hay que bajarse del coche.

–Muy primitivo –dijo ella, que en el fondo no creía ni una sola palabra.

–Contigo me siento así de primitivo.

–En la cama, a lo mejor; pero no fuera. Eso lo has imaginado, pero sé que no te habrías bajado del coche. Reconócelo.

Danette cerró la puerta y lo siguió con agitación.

–Te equivocas, Danette. Habría bajado el coche, no lo dudes. Me alegro por todos que no haya sido el caso, pero me has dejado todo bien claro.

–¿El qué?

–No te gustó verme bailando con otra en una foto; y a mí no me ha gustado verte cenando con otro hombre esta noche.

–¿Crees que he salido con Ramon para darte una lección?

–Sí. ¿Para qué si no?

Podría haberle dicho que Lizzy le había tendido una trampa, pero se mordió la lengua; Marcello no merecía que lo tranquilizara al respecto.

–A lo mejor quería salir una noche con alguien que no se avergonzara de mí delante de los demás.

A lo mejor era así de sencillo.

–Nunca ha sido una cuestión de que yo me avergüence de ti –respondió Marcello casi gritando, olvidando momentáneamente la calma que había mostrado hasta entonces.

Danette se dio cuenta de que había estado fingiendo todo el tiempo, de que estaba enfadado de verdad. Porque en ese momento todo él temblaba de rabia.

Antes le habría disgustado verlo así, pero en ese momento le daba lo mismo. Que se enfadara Marcello. Si ella no estuviera tan dolida, seguramente estaría también enfadada.

—Entonces, ¿por qué no me has presentado antes a tu familia? Ellos no tienen nada que ver con la prensa, y no me digas que también podrían contarle la historia a alguien.

—Si mi madre creyera que con ello me animaría a casarme, no dudes de que lo haría.

—No lo dirás en serio.

—Tú no la conoces, a veces es implacable. Si pensara que hay algo entre nosotros, empezaría con los preparativos de la boda. Por eso no te he presentado a mi familia hasta ahora.

—¿Porque no tienes pensado casarte conmigo un día?

—Porque no quiero que mi familia se meta en mis asuntos personales.

Con su enfermedad, Danette pensaba que había sufrido todo lo que se podía sufrir; pero había otras clases de dolor en la vida. En ese momento, se dio cuenta de que amar dolía mucho.

Pero su corazón, más fuerte de lo que habría imaginado posible, insistía en agarrarse a un hilo de esperanza.

—Has dicho que no te ha gustado verme con Ramon.

Él la miró con indignación.

—Por supuesto que no.

—¿Y qué vas a hacer al respecto?

—Más bien prefiero que seas tú la que me diga qué piensas hacer —respondió él en tono de acusación.

—¿A qué te refieres?

—Ya te he dicho que me ha quedado claro el mensaje. No tienes por qué fingir que estás saliendo con otros hombres.

—¿Ya está? —preguntó ella con incredulidad, olvidando por un momento el dolor que sentía—. Me dices que no te gusta algo, y esperas que yo no lo haga, ¿no?

—¿Y por qué no? Yo te importo, nuestra relación te importa. Tú no quieres que se acabe.

—Si eso es cierto, ¿por qué lo contrario no debería serlo también? Sabes que me hizo daño ver esa foto, pero no has dicho que vayas a cambiar tu comportamiento en público.

—Lo haré.

La esperanza renació en ella.

—¿Estás dispuesto entonces a hacer pública nuestra relación?

—No, ya te he dicho que…

—Me da lo mismo lo que me hayas dicho. No puedo soportarlo más, Marcello. Necesito que nuestra relación sea abierta y sincera. No más secretos.

Capítulo 6

TENDRÉ cuidado para que no vuelvas a ver una foto tan hiriente como la que viste.

—¿Y dejarás de comportarte como un soltero cuando estés con otras mujeres?

—No bailaré con ellas.

—¡Ésa no es respuesta!

Él suspiró.

—Lo siento.

—¿Lo sientes de verdad? ¿Sabes lo mucho que me ha dolido oír a tu hermano hablar de ti como si no estuvieras con nadie? ¿Te importa acaso lo que he sufrido esta noche en el restaurante al ver tu rechazo?

—Yo no te he rechazado.

—Pero tampoco me has presentado como tu novia.

—Tú sabes por qué, te lo acabo de explicar.

—Pero ese razonamiento ya no me vale. Siento que detestes que tu vida privada sea pública, pero yo detesto ser tu secretito. No puedo seguir así; me duele demasiado. ¿Es que no lo entiendes? —suplicó con voz quebrada.

Él la abrazó.

—No quiero hacerte daño. Por favor, créeme.

Danette, que llevaba toda la noche aguantándose las lágrimas, se derrumbó.

—Te amo, Marcello. Te amo tanto, que necesito saber que tú sientes lo mismo por mí.

Él se puso tenso y se apartó de ella, pero no mostró ninguna señal de amor recíproco.

—Yo no quiero que me quieras.

—¿Cómo?

—Ya te dije al principio que nuestra relación era temporal, que no quiero amor y que no tengo amor para dar.

—Llevamos juntos seis meses. ¿Cómo defines tú temporal?

—No sé definirlo. No he puesto límites a nuestra relación.

—Pero no puede ser para toda la vida, ¿no? —dijo Danette con tristeza.

—No puedo ofrecerte ni amor ni matrimonio.

—¿No puedes, o no quieres?

—Yo amaba a mi esposa, Danette. Jamás amaré a otra mujer. Los hombres de mi familia estamos destinados a amar así sólo una vez en la vida.

Danette oyó las palabras, pero no podía creerlas. ¿Sería posible que Marcello se creyera incapaz de volver a amar?

—Por favor, Marcello, entiendo que uno pueda sentirse algo culpable cuando vuelve a querer a otra persona después de morir el esposo o la esposa, incluso aunque haya pasado tiempo; pero no eches por tierra lo que tenemos sólo por eso. Me cuesta creer que Bianca lo hubiera querido así.

—Esto no se trata de lo que habría querido Bianca. Se trata de mi capacidad para darte lo que dices querer.

—¿Un reconocimiento público de que estamos juntos?

–Mi amor.

–Yo no te he pedido tu amor.

–Sí. Me has dicho que me amas.

–Es cierto; y quiero que reconozcas que yo también te importo.

–Me importas.

–¿Lo suficiente para contárselo a todos? –le preguntó ella.

–¿Y cuando termine nuestra relación, crees que haciéndola pública todo será más fácil?

–¿Y por qué tiene que terminar?

Él la miró pero no dijo nada.

–Al principio querías mantener las distancias –continuó Danette, desesperada por escoger las palabras que le convencieran de que compartían algo importante y especial–, pero ahora casi estamos viviendo juntos. Soy importante para ti, Marcello.

Danette necesitaba saber que eso era cierto; rogó al cielo para que lo fuera.

–No lo niego, Danette. Nuestra vida sexual es maravillosa, y me gusta mucho estar contigo; pero no quiero que construyas castillos en el aire –Marcello la abrazó, consolándola–. Yo no quiero hacerte daño, pero no sería justo contigo si no fuera sincero. Danette, no tengo en mente casarme contigo.

Tal vez conscientemente no; pero Danette le haría ver que en su subconsciente ella representaba en su vida un papel mucho más importante del que pensaba él.

–Marcello, ¿si no me ves como parte de tu futuro, por qué no te preocupas muchas veces de poner medios para que no me quede embarazada?

Si cuando le había dicho que lo amaba se había puesto tenso, en ese momento se puso rígido.

–Tú no eres un irresponsable, Marcello. No te arriesgarías a dejarme embarazada si en el fondo no pensaras que podrías acabar casándote conmigo.

Él hizo una mueca de pesar; como si se sintiera incómodo.

–No me gusta nada hablar de esto, pero no veo que haya otra salida salvo decírtelo. Soy estéril, Danette. O casi.

–¿Pero de qué estás hablando, Marcello?

¿Aquel hombre tan dinámico y vibrante no podía tener hijos? No podía creerlo.

–Al segundo año de matrimonio me hice pruebas y me dijeron que el recuento de espermatozoides era muy bajo. Bianca y yo intentamos tener hijos; pero nunca se quedó embarazada.

–Un recuento de espermatozoides bajo no es sinónimo de esterilidad.

–¿Y tú qué sabes de eso?

–De pequeña pasé más horas en las salas de espera de los hospitales que la mayoría de los niños en el recreo o por la calle. Leí un montón de revistas; te sorprendería lo que aprende una en *Cosmopolitan*.

–¿De niña?

–Mi tratamiento no acabó hasta los diecinueve años.

–¿Qué clase de tratamiento? ¿Por qué no me has hablado nunca de eso?

Ella se apartó de él.

–¿Y tú por qué no me has hablado nunca de tu supuesta esterilidad?

–No había necesidad de que lo supieras.

–Te equivocas. Tenía derecho a saber por qué estabas jugando a la ruleta rusa con mi cuerpo. Asumiste que por no dejar embarazada a la mujer a la que amabas, no podrías dejar embarazada a ninguna, ¿verdad?

—No he jugado a la ruleta rusa contigo; es que no puedo dejarte embarazada.

—Qué boba he sido. ¡Y yo que pensaba que empezabas a quererme! Pensé que el que no usaras preservativo era una prueba de cariño.

Lo que acababa de pensar le dolió más de lo que le había dolido nada esa noche.

—Soy tan incompatible con tu vida, tan poco importante para ti, que ni siquiera tienes miedo de dejarme embarazada porque supones que no puedes. No soy más que un cuerpo en tu cama… una prescindible amante secreta.

—Eso no es verdad.

—Los hechos hablan por sí solos, Marcello. Ojalá hubiera sabido todo esto antes.

Ojalá.

Se apartó más de él, pues necesitaba poner más distancia entre ellos.

—Vete.

Él le tendió las manos con gesto suplicante.

—Danette…

—Lo digo en serio, Marcello. Sal de mi casa. No quiero que vuelvas por aquí.

—¿Pero qué es lo que ha cambiado entre nosotros? ¡Nada! Soy el mismo hombre al que dejaste que te hiciera el amor esta tarde.

—De nuevo sin preservativo.

—Te lo he dicho, no puedo dejarte embarazada.

—Te equivocas, Marcello. Te equivocas en eso y en muchas cosas más. Todo ha cambiado. Por fin he visto lo poco que te importo.

–No es verdad, ya te he dicho que cambiaré mi imagen pública.

–¿Y te parece una concesión muy grande?

–Es más de lo que le he ofrecido a ninguna mujer desde la muerte de mi esposa.

–¡Qué detalle por tu parte!

–Maldita sea, *amore mio*…

–No me llames así. No sientes amor por mí; tú mismo lo has dicho.

–¿Tú no crees que te amaría si pudiera? No te haré a ti lo que mi padre le hizo a mi madre.

–¿Divorciarte de mí?

–Él no se divorció de ella; fue ella de él –suspiró–. Se casaron porque ella estaba embarazada, pero él ya había amado, y sus sentimientos hacia ella no le impidieron verse con otras mujeres. Cuando ella se enteró de que tenía una aventura, lo dejó.

–Una mujer inteligente.

–Sí, y yo soy también lo bastante inteligente como para conocer mis limitaciones.

No la amaba y nunca la amaría. Ni siquiera la deseaba lo suficiente como para pensar que pudiera seguir siéndole fiel después de casarse. Claro que él nunca había tomado en consideración compartir su vida con ella.

–Ojalá yo fuera más lista; pero fui lo bastante estúpida como para liarme contigo y seguir con una relación que tú insististe en mantener en secreto, convencida de que lo hacías porque yo te importaba. Ramon tiene razón; vives en otro mundo distinto al de los meros mortales. Fui una boba de primera categoría cuando pensé que podrías llegar a quererme; claro que, teniendo en cuenta mi experiencia, tampoco es difícil ver por qué he metido la pata.

—No me compares con ese gusano.

—Tranquilo. Vosotros dos no tenéis nada que ver, sois de dos planetas distintos.

—Estoy de acuerdo.

—Él sólo me tocó el corazón. Tú me lo has destrozado. Él me utilizó para subir en su profesión; tú me has utilizado, punto final. Eres uno de esos hombres a quien no le importa hacerle daño a una mujer.

—Claro que me importa si te hago daño o no. ¿Acaso no te lo he dicho ya? Siempre he sido sincero contigo; y esta noche te he contado mi dolorosa historia para que entiendas la verdad de nuestra relación.

—Todo eso sólo demuestra que yo me he dejado utilizar, no que tú no lo hayas hecho. Pero no voy a permitir que lo hagas más.

—Yo no te utilizo. Lo que tenemos es mutuo.

—Ya no tenemos nada, Marcello.

—*Cara*, no digas eso, no es verdad. Lo nuestro es muy especial.

—Tan especial que no quieres que nadie más sepa de ello; tan especial que no sólo nunca me amarás, sino que tampoco quieres mi amor. Es peor… es ridículo.

Danette veía que él estaba frustrado, pero no podía hacer nada. Además, a ella le pasaba lo mismo.

Él apretó los puños.

—No quiero perderte.

Ella negó con la cabeza, tan ahogada en su dolor que apenas podía hablar.

—Ya me has perdido.

—No te voy a rogar.

—Ni yo lo esperaría. Lo que espero es que me

respetes lo suficiente como para salir de mi casa cuando te lo pido.

Él se puso derecho.

—Pues así lo haré. Hablaremos cuando te hayas calmado.

—No tenemos nada más que hablar.

Él la abrazó y la besó con una ternura a la que Danette no pudo resistirse. Cuando se apartó de ella, Danette lo abrazaba.

—Creo que te equivocas. Creo que aún queda mucho entre los dos.

—El sexo no es suficiente, Marcello. Para mí nunca podría serlo.

Pero él no respondió. Se limitó a apartarse de ella y salió de su casa.

Danette se dejó caer hasta el suelo y lloró durante horas; y tanto lloró, que se quedó afónica. A la mañana siguiente llamó al trabajo para decir que no iba. Él la llamó a media mañana, pero colgó al reconocer su voz y desenchufó el teléfono. También sonó el móvil, pero Danette no respondió, y enseguida lo apagó.

Por la tarde enchufó el teléfono y llamó a su amiga Tara. Le contó todo, y a los diez minutos, su amiga amenazaba ya con pegar a Marcello.

—Entiendo tu dolor, de verdad, pero Marcello tiene razón en una sola cosa. Duele menos cuando no tienes que compartir el dolor y la humillación de la ruptura con el gran público.

—Entonces por lo menos me alegro de haberlo mantenido todo en secreto; porque si me doliera más, me moriría de dolor.

—Ay, cariño, cuánto lo siento —dijo Tara—. Se te pasará poco a poco. Vive el día a día, es la única manera. Estoy aquí para lo que me necesites, no lo olvides.

–No me olvido, Tara. Gracias.

Marcello volvió a llamar, y esa vez le respondió sólo para decirle que no volviera a llamar. Sorprendentemente, él le hizo caso, y esa noche no volvió a llamarla. Se pasó todo ese tiempo intentando pensar si dejar el trabajo, o quedarse en la empresa.

No sabía cómo reaccionaría cada vez que viera a Marcello en la oficina. Aunque, pensándolo bien, no había motivo para que se cruzara con el presidente de la empresa; sólo había pasado porque él había buscado la ocasión de verla.

A la mañana siguiente, fue a trabajar, sin saber aún qué haría en el futuro próximo, y tan disgustada estaba que sintió náuseas, a pesar de la fachada serena que presentó ante sus compañeros de oficina.

Estaba en el cuarto de las fotocopias cuando sintió a alguien tras ella.

–Buenos días, *cara*.

Danette se dio la vuelta al oír su voz. Marcello estaba a menos de un metro de ella.

–¿Marcello, qué estás haciendo aquí?

Él sonrió de medio lado.

–¿Esta conversación no la hemos tenido antes?

Ella se apartó disimuladamente, para no estar tan cerca de él.

–Es muy raro que el presidente de una empresa entre en el cuarto de la fotocopiadora.

–Si su amante está ahí, no lo es.

–Ex amante –respondió ella con nerviosismo, no queriendo pensar en ello.

–Quiero hablar contigo en privado, por eso he entrado aquí.

–Éste no es lugar.

–Me echaste de tu casa, me cuelgas el teléfono y llevas toda la mañana sin entrar en tu despacho. Así que eres tú quien ha elegido que hablemos aquí…

–Mira, siento que no quieras romper conmigo, pero la verdad es que no voy a esperar a que me plantes.

Él suspiró con exasperación.

–No quiero plantarte. ¿Es que no te lo he dejado claro?

–Pero lo harás… algún día.

Él se encogió de hombros.

–A lo mejor un día decidimos que estamos mejor separados, ¿pero por qué adelantarlo?

–Porque yo ya he decidido que estoy mejor sin ti –respondió Danette, aunque el corazón le gritara que era una mentirosa.

–Quiero que me des la oportunidad de hacerte cambiar de opinión…

–No –le interrumpió antes de que a él le diera tiempo a desplegar su seducción.

–Este fin de semana en el banquete de bodas de mi hermano en Diamante –continuó, como si ella no hubiera dicho nada.

–¿Quieres que vaya a la boda de tu hermano contigo?

No podía ser cierto.

–¿En calidad de qué? –añadió, anonadada.

–Serás mi pareja.

–Ni hablar –respondió impulsivamente, sin reflexionar.

–Dijiste que querías que nuestra relación fuera pública. Estoy dispuesto a hacer eso para no perderte.

Estaba muy tenso, y Danette entendió lo mucho que le costaba todo aquello.

–No he roto contigo para ponerte entre la espada y la pared –dijo Danette, que en verdad detestaba el chantaje emocional.

–Fuera cual fuera tu intención, lo he pensado y me he dado cuenta de que prefiero tener que soportar a la prensa que perderte.

Si le hubiera dicho eso el día anterior, antes de decirle que no la amaba y que nunca la amaría… Habría aceptado con impaciencia la oportunidad de conocer a su familia, si él no le hubiera dicho que no tenía interés en formar una familia con ella.

–No.

Fue lo más difícil para ella, y el corazón empezó a sangrarle.

Él sacudió la cabeza con confusión, y se puso pálido.

–¿A qué te refieres con ese no?

–Tú… tenías razón. El dolor de romper sería aún más fuerte… –hizo una pausa, tratando de contener las lágrimas– si ocurriera a los ojos de todo el mundo. Y como no hay ocasión de que no rompamos en un futuro, como tú mismo has dicho, no quiero sentir más dolor y humillación de los que ya pueda sentir.

–No quiero que te sientas humillada, ni quiero hacerte daño, ni romper contigo.

–Deberías habértelo pensado antes de rechazar mi amor como lo hiciste ayer –dijo ella con desconsuelo–. Al principio me dijiste que no me amabas; pero yo pensé que al menos te importaba. He estado engañándome a mí misma y me he hecho tanto daño como el que me has hecho tú.

–No fue un engaño. Me importas.

–No lo suficiente.

–¿Cómo puedes decir eso? Desde la muerte de

Bianca, no he querido tener una relación a la vista de todos; pero por ti estoy dispuesto a hacerlo.

—Para mí no es sólo una relación. Te amo. Siento que pasara así, y sé que no es lo conveniente para ti, pero no puedo soportar vivir una relación sin compromiso como la que tú me ofreces ni un solo día más. Me estaba matando, y los últimos días he sufrido más de lo que quiero volver a sufrir en mi vida.

—Y estoy haciendo todo lo posible para rectificar ese dolor.

—No es suficiente.

—Amaba a Bianca.

—Lo sé —dijo, pensando que no necesitaba el doloroso recordatorio.

Él avanzó hasta que estuvo a pocos centímetros de ella.

—Quiero que sepas una cosa; si hubiera tenido la oportunidad de pasar más tiempo con Bianca, la habría aprovechado. Tú dices que me amas; pero si fuera cierto, desearías lo mismo conmigo.

Dicho eso, se retiró, dio media vuelta y salió del cuarto.

Ella se quedó allí un buen rato, sintiéndose muy confusa. ¿Cómo había conseguido que se sintiera culpable?

La pregunta que no dejó de rondarle la mente todo el día y a la mañana siguiente, cuando volvió a sentir náuseas, fue si sufriría más si seguía con Marcello, teniendo en cuenta que podrían terminar, o si decidía romper con él, sabiendo que podrían estar juntos.

Él le estaba ofreciendo algo más que un lugar en su cama. Le estaba ofreciendo un lugar en su vida. Un lugar a la vista de todos.

Capítulo 7

D ANETTE luchó por ahuyentar sus pensamientos de dolor y por aguantar la sensación de náusea que no dejó de importunarla mientras presentaba su informe sobre el proyecto Córdoba en una sala llena de directivos de ventas y marketing.

Estaba a media presentación cuando alguien abrió la cafetera cerca de ella y percibió el aroma intenso del café.

De pronto, se le encogió el estómago y tuvo que taparse la boca e irse corriendo al baño.

Después de lavarse las manos y enjuagarse la boca, salió al vestíbulo que había delante del baño de señoras. Allí la esperaba la directora de marketing, una elegante mujer de unos cincuenta años y cálidos ojos marrones.

—Deberías sentarte un rato antes de volver a la mesa.

—Pero la presentación…

—Le he pedido a Ramon que la termine por ti. Tus apuntes son claros, además él ha trabajado contigo en el proyecto; así que todo está arreglado.

—Pero te lo estás perdiendo.

—Ya lo veré después; quería estar segura de que estabas bien. A mí me pasó lo mismo; a ti parece que hoy te ha pillado de sorpresa.

—¿También has tenido la gripe?

La mujer se echó a reír.

—Esta clase de gripe no... hace veinticinco años que no.

—¿Cómo que esta clase de gripe?

—¿No lo sabes? —le preguntó la directora con una sonrisa.

De pronto Danette cayó en la cuenta. Hacía seis semanas que no tenía la regla, y ella era muy regular.

—No es posible...

Pero de pronto sabía que sí, que era posible.

—¿Estás segura?

—Él pensó que no podía dejarme embarazada —dijo, medio aturdida; y al darse cuenta de lo que había dicho se tapó la boca de nuevo.

—¿Y te arriesgaste? —la mujer sacudió la cabeza—. Las chicas de hoy en día... qué ingenuas sois.

—No fue por ingenuidad. A mí no me importaba correr ese riesgo.

—Pues espero que él sienta lo mismo.

Lo dudaba. Marcello no quería tener hijos. Era un hombre responsable, y ella sabía que no se arredraría, pero le había dejado claro que no quería formar una familia con ella. Sonrió débilmente para disimular delante de la otra.

—Gracias por venir a ver cómo estaba.

—No te preocupes; pero yo en tu lugar me alejaría de las cafeteras.

Danette se estremeció.

—Es lo que pienso hacer.

Marcello se acercó a la puerta que comunicaba su despacho con el de su secretaria cuando oyó el nombre de Danette.

–Y salió de la sala tan deprisa que creí que no le daba tiempo a abrir la puerta –estaba diciendo una de las de marketing.

–¿Y la directora de marketing la siguió?

–Así es.

–Espero que esté bien. Danette es un cielo y trabaja muy bien.

–Bueno, yo creo que está bien; pero no me parece que sea una enfermedad que se le vaya a pasar enseguida, no sé si me entiendes.

–¿Qué quieres decir? –preguntó su secretaria.

–Bueno, yo me acuerdo que el olor del café me daba mucho asco cuando me quedé embarazada de mi primera hija. A Danette le ha pasado justo lo mismo. Estaba bien, y de pronto…

–¿Crees que Danette está embarazada? Pero si no sale con nadie…

–Sólo hace falta una noche.

–No me parece de las que se van por ahí una noche con un desconocido.

La mujer de marketing se encogió de hombros.

–Tal vez tengas razón, pero ahora mismo está en su despacho, totalmente recuperada. Si eso no son las náuseas del embarazo, entonces no sé lo que es.

Marcello retrocedió y se dejó caer en un sillón. ¿Sería suyo el niño? Tenía que serlo. Aturdido, se acordó de lo que le había dicho Danette la noche antes del recuento de espermatozoides bajo y de que había jugado a la ruleta rusa con ella.

No podía creer que la hubiera dejado embarazada después de pasar años intentándolo con Bianca sin éxito. Por eso, a la muerte de su esposa, él había decidido no casarse con nadie; porque no podría tener hijos, por eso.

La mujer de marketing debía de haberse equivocado.

Descolgó el teléfono.

—Sí, *signor* Scorsolini —respondió su secretaria.

—Dígale a la directora de marketing que venga a mí despacho, por favor.

—Sí, *signor*.

Una hora después sabía algunas cosas más, pero aún estaba aturdido y confuso. Danette creía que estaba embarazada y que él era el padre. No lo había dicho así, pero le había comentado a la directora de marketing que su pareja creía que no podía tener hijos. Eso significaba que tenía que ser él; claro que no dudaba de su fidelidad. Sabía que era suya, que lo había sido desde el primer día.

No habría podido confirmar su embarazo con el médico ni con ninguna prueba de embarazo porque parecía que se había enterado esa mañana; sin embargo, Marcello sí que estaba dispuesto a creerlo. Más que dispuesto, desesperado.

Después de marcharse la mujer, sintió descos de celebrarlo, y le pidió a su secretaria que llamara a Danette. La secretaria le dirigió una mirada inquisitiva, pero él sabía disimular bien y su rostro no reflejó ningún tipo de emoción al decírselo. Esa misma mañana había tenido que disimular delante de ella, cuando le había dicho que no lo acompañaría al banquete de boda de su hermano y su rechazo le había dolido y sorprendido.

—La señorita Michaels se marchó temprano hoy, *signor* Scorsolini —dijo su secretaria desde la puerta, explotando la burbuja de felicidad que lo envolvía.

—Ya. ¿Y sabe por qué?

–Creo que ha se puso mala esta mañana. Ha debido de irse a casa a descansar.

Marcello asintió.

–Por favor, cancele todos mis compromisos hasta mañana al mediodía.

–Pero *signor* Scorsolini, tiene…

–Cualquier cosa urgente se la pasa a mi segundo de a bordo.

Tenía algo de suma importancia de lo que ocuparse, y en ese momento nada le parecía más importante.

Danette leyó el resultado del test de embarazo, aún incapaz de creerlo. Llevaba en su seno al hijo de Marcello. En una ocasión había leído que las náuseas eran señal de un embarazo sano, así que pensó que el suyo debía de serlo, porque se sentía fatal.

Luego, cuando hubiera descansado un poco, se metería en Internet a buscar algún remedio natural; pero en ese momento sólo quería tumbarse un rato y dormir.

Precisamente cuando iba a tumbarse, se oyeron unos golpes a la puerta. Danette no tuvo que asomarse para saber que era Marcello.

No podía haberse enterado aún de lo del embarazo; ella misma acababa de enterarse.

–¡Abre, Danette, sé que estás ahí!

Danette corrió el cerrojo y abrió la puerta.

–Hola, Marcello, ¿qué haces aquí?

–Esta mañana has vomitado a mitad de la presentación.

A Danette no debería haberle sorprendido que

Marcello se hubiera enterado. En la oficina, las noticias volaban.

–Entonces estabas preocupado y has venido a verme…

Él pasó al salón y le rodeó los hombros con delicadeza.

–Más o menos.

–Pues no hay necesidad. Estoy bien, sólo tengo el estómago un poco revuelto.

–Mi directora de marketing no lo ha llamado así…

–Ay, no…

–Ay, sí. No me hace gracia ser el último en enterarme.

–¿Enterarte de qué?

–De que estás embarazada.

Danette notó que empezaba a marearse y vio unos puntos negros delante de los ojos. Al ver que se tambaleaba un poco, Marcello la levantó en brazos y la llevó al dormitorio para que se tumbara en la cama.

–¿Estás bien? ¿Has llamado al médico?

–Sí, estoy bien; sólo un poco mareada. Además, acabo de confirmarlo con un test de embarazo. Aún no me ha dado tiempo a llamar a la consulta.

–Es lo que pensaba la directora, que tú aún no lo sabías.

–Entonces, ¿por qué has dicho que eras el último en enterarte?

Él se ruborizó.

–Lo siento, es que no sé lo que digo. Me habría gustado enterarme por ti, nada más; de otro modo, me ha resultado extraño.

–Es a mí a quien me resulta más extraño todo esto.

–¿Pero cómo puedes decir eso?

–Bueno, no sé. Estoy embarazada y sé que no quieres tener un hijo. Acabamos de romper, y como nuestra relación es un secreto, todo el mundo pensará que me habré acostado con alguien por ahí.

Marcello se sentó en la cama a su lado.

–Naturalmente, todo eso ha cambiado. Y por favor, no vuelvas a decir que no quiero tener un hijo.

–¿Pero cómo es posible que quieras?

–¿Y por qué no? Un bebé es un regalo del cielo; un regalo que creí que nunca recibiría. Pensé que nunca sería padre, y ahora sé que lo seré. Estoy encantado, Danette –tenía los ojos tan brillantes que era imposible no creerlo–. Deseo este hijo o hija más de lo que podría expresar con palabras.

Danette se dio cuenta de que se había equivocado: Marcello había estado seguro de que era estéril.

–Me alegra que estés contento.

–Lo estoy, *amore mio*, y mucho.

Le sonrió y le acarició el vientre con suavidad.

–Me preguntó si podríamos hacer una boda doble y casarnos a la vez que mi hermano y su prometida. Él quiere que sea una ceremonia discreta, y para nosotros sería perfecto.

–¿Pero qué tonterías estás diciendo?

–Debemos casarnos lo antes posible.

En eso Danette no se había equivocado; había intuido que, si se quedara embarazada, Marcello querría casarse. Pero la idea ya no le parecía tan atractiva como cuando había pensado que él la quería de verdad. Aunque tampoco diría que no sin más. Ella quería a Marcello, de eso estaba segura.

–Vas muy deprisa para mí, Marcello.

–¿Qué quieres decir? Ahora no puedes decirme que no quieres casarte –su dicha dio paso a la resolución–. Tú tenías miedo de que estando conmigo te dejara un día; casándonos, ese miedo desaparece.

–Eres tú quien dijiste que no querías volver a casarte porque te daba miedo serle infiel a la que fuera tu mujer.

–Eso era antes.

–¿Antes de qué?

–De quedarte embarazada de mí –dijo, como si eso explicara todo.

–Bueno, tu madre se quedó embarazada de tu padre, y eso no le frenó.

Él se cruzó de brazos y la miró con enfado.

–Yo no soy mi padre; y no me voy a comportar como lo hizo él.

–¿Y cómo puedes estar tan seguro?

–Porque lo estoy, ¿de acuerdo?

Tampoco ella podría estarlo.

–Te doy mi palabra de que jamás me iré a la cama con otra.

–Estoy segura de que tu padre le dijo lo mismo a tu madre.

–¿Te niegas a casarte conmigo, Danette? –preguntó Marcello con una mezcla de rabia e incredulidad–. Piensa bien la respuesta, porque te advierto que, casados o no, no tengo intención de ser un padre ausente para mi hijo.

–Yo tampoco querría eso; y no te he dicho que no vaya a casarme contigo; sólo que necesito tiempo para pensar. Esta misma mañana, tú y yo no estábamos juntos…

–Por elección tuya, no mía.

–Sí, pero ya sabes por qué decidí romper, no voy a repetirlo. Y, francamente, lo del embarazo me ha dejado sorprendida.

–Supongo que habrá sido una sorpresa agradable.

Ella volvió la cabeza, sintiendo que regresaban los miedos de antaño. ¿Cómo responderle? Estaba encantada de estar embarazada, pero las dudas de antes estaban ahí de nuevo. Parecía que no las había superado como ella había creído.

–¿No quieres tener a mi hijo? –le preguntó él, cada vez más enfadado.

Ella negó con la cabeza, pero no quiso mirarlo. Necesitaba pensar, y cuando lo miraba, se le iban las ideas.

–No es eso.

–¿Entonces qué es?

–Quedarme embarazada no entraba en mis planes.

–¿Ahora, o nunca?

–Nunca.

–Pero tú no hiciste nada por poner los medios, aunque a veces a mí se me pasaba.

–Lo sé –respondió Danette.

Danette había soñado; pero a veces, cuando los sueños se hacían realidad, se convertían en pesadillas.

–¿Por qué tienes miedo? ¿Por tu trabajo?

Marcello se sentó otra vez en la cama; entonces empezó a acariciarle en la sien con suavidad.

–Tengo miedo por mis genes.

–¿Y eso qué tiene que ver con tener un hijo?

–Marcello –empezó a decir, buscando las palabras adecuadas–, tengo algo que decirte.

–Dímelo ya; sea lo que sea, no puede justificar tu angustia.

–Lo siento –ella tragó saliva–. No quería montar

todo esto para decírtelo. Es que me cuesta mucho hablar de esto; pero a los quince años decidí no tener hijos nunca.

—¿Y eso por qué? —preguntó él con mirada indulgente.

—Porque llevaba nueve años llevando un corsé ortopédico de torso completo para corregir una deformación congénita en la espalda; y sabía que me quedaba más tiempo de tratamiento. Cuando me ponía a pensarlo, me decía que nunca querría que un hijo mío pasara por lo mismo.

—¿Por qué?

—A los seis años me diagnosticaron un caso grave de escoliosis idiopática infantil. Es una enfermedad muy rara en los niños. Mis médicos esperaban poder evitar la cirugía para corregir la enfermedad.

—¿Y dices que es hereditaria?

—Bueno, no exactamente. Mi madre la padeció y yo también. ¿Y si nuestro hijo o hija nace con ello? Lo siento; creo que debería habértelo dicho antes, pero me había convencido a mí misma de que si concebía era porque todo saldría bien y nuestro hijo no sufriría la enfermedad. Pero ahora que estoy embarazada, no dejo de pensar en esa posibilidad. Tengo tanto miedo, Marcello.

Él al abrazó con fuerza.

—¿Y tú estás bien ahora? ¿El embarazo no es un riesgo para tu salud?

—No, ninguno. La curvatura de la espalda se me corrigió en un ochenta por ciento. Fue un milagro, en realidad, y ahora puedo llevar una vida perfectamente normal; no me han quedado secuelas.

—¿Entonces tus miedos son sólo por el niño?

Ella asintió, sin apartarse de él.

—Lo siento —dijo con voz ahogada.

—Deja de disculparte, este hijo es un regalo, créeme.

Ella levantó la cara y lo miró.

—Pero…

—Mírate, ahora estás bien. Aunque nuestro hijo heredara la enfermedad, no tiene por qué alterarle la vida.

—Dile eso a una niña de trece años que se mira al espejo y ve sólo el corsé, no su cuerpo.

—¿Se notaba mucho?

—No, la verdad es que con la ropa adecuada apenas se notaba. Pero mis padres… sobre todo mi madre, me protegieron mucho.

—¿En qué sentido?

—Mi madre me decía que no debía tocar o abrazar a otras personas, para que no supieran que llevaba el corsé y no tener que dar explicaciones.

—¿Y ellos te abrazaban?

—No, yo no quería que nadie lo hiciera.

—Eso explica muchas cosas.

—¿A qué te refieres?

—Nada importante. Pero a veces noto como si te rodeara un muro invisible.

—Pero eso nunca te ha impedido tocarme

—Es verdad, y tampoco me impediría tocar a mi hijo si lo sufriera.

A Danette se le saltaron las lágrimas.

—Me alegra mucho oírte decir eso, pero hay más.

—¿El qué?

—Mis padres no querían que jugara con los demás niños. Yo me pasaba los recreos en clase, leyendo y haciendo deberes, en lugar de estar jugando en el patio.

–¿Y cómo hacías ejercicio?

–Mis padres me obligaban a hacer ejercicios específicos. No podía jugar con otros niños, por si me hacían daño sin querer.

–¿Y eso era necesario? –le preguntó dubitativo.

–En realidad no; pero eso no es importante. Lo que importa es…

–Haremos lo mejor para nuestro hijo o hija, independientemente de lo que tenga que superar en la vida.

–No es tan sencillo, Marcello.

–Sí, Danette, sí que lo es.

–¿No crees que mis padres hicieron lo mejor para mí?

–Sí, pero nosotros somos otras personas, del mismo modo que yo no soy mi padre. Seremos distintos padres.

–Pero a ti te preocupa mucho la prensa. ¿Te imaginas lo que harían si se enteraran de algo así?

–Si nuestro hijo o hija sufriera alguna enfermedad, lo haríamos público y le quitaríamos a los periodistas la oportunidad de enseñar sus garras. ¿Entendido?

–Sí. De todos modos, siento no habértelo dicho antes, Marcello.

–Te he dicho que dejes de disculparte, ¿de acuerdo? Si de verdad crees que lo que me has contado me ha quitado la alegría de ser padre, o lo que siento ya por nuestro hijo, entonces no me conoces como yo pensaba.

–El caso es que, después de lo que ha pasado entre nosotros estos dos días, estoy muy confusa, Marcello. Lo del embarazo me ha hecho sentirme más confusa aún.

Capítulo 8

COMO nos estamos disculpando, quiero decir que siento haberte hecho daño.

Ella bostezó, estaba muy cansada.

—Marcello, no es que no quiera hablar de ello, pero estoy demasiado agotada para pensar... ¿Te importa?

—En absoluto. Tenemos toda una vida por delante para salvar nuestras diferencias; pero no me voy a olvidar de que te he pedido que te cases conmigo.

—Pero tú no me lo has pedido; me has dicho que sería mejor casarnos por el bien de nuestro hijo.

Marcello se puso colorado por segunda vez en unos días.

—Es verdad, debería de habértelo pedido; pero se me ha pasado, con la emoción.

Fue una reacción tan tierna, que Danette le dio unas palmaditas en el pecho.

—Pase lo que pase, me alegra que estés contento por lo del bebé.

—Yo sólo sé una cosa, que nos vamos a casar.

—Lo pensaré. Ahora mismo, no puedo decir más. Estoy totalmente aturdida y siento como si tuviera la gripe; creo que no podría ni levantarme.

—Pues mejor que estés tumbada. Voy a prepararte un té y te traeré unas galletas saladas; la directora de marketing me dijo que era lo mejor para calmar las náuseas.

Después de tomarse el té y las galletas que le llevó Marcello, Danette se quedó dormida, sintiéndose segura porque Marcello estaba allí para protegerla.

Cuando se despertó un par de horas después, notó el calor de Marcello a su lado. Se sintió tan bien, que no quiso moverse y disipar aquella sensación de paz.

—¿Estás despierta? —le preguntó él.

—¿Cómo lo sabes?

—Respiras de otra manera.

—Ah.

—Mi madre nos ha invitado a cenar esta noche. Está contentísima por lo del bebé, y feliz por que le he dicho que me voy a volver a casar.

—¿Le has dicho lo del bebé? ¿Y que nos íbamos a casar?

A Danette se le quitó el sueño de momento.

—Le dolería si no se lo contara.

—Pero yo no he dicho que vaya a casarme contigo.

—Lo harás. Entonces, dime, ¿vendrás a la cena para agradar a mi madre?

—No sé si la agradaré o no, pero me gustaría conocerla.

Le habría gustado que ocurriera antes de quedarse embarazada, que Marcello hubiera querido presentarle a su madre por ella, y no sólo por el niño que tendrían.

—¿No te dije que nos volveríamos a ver? —Flavia Scorsolini le dio dos besos en las mejillas, cuando

salió a recibirlos en el amplio vestíbulo de la magnífica villa siciliana

—¿Le dijiste eso? —preguntó Marcello—. ¿Cuándo?

—Tú ya te habías ido a sentarte a nuestra mesa. Yo
me había fijado en las miradas que le echabas a Danette y a su acompañante cuando nos presentaste,
después durante toda la cena… Y como te conozco
muy bien, intuí que había algo. Aunque también me
extrañó que la novia de mi hijo estuviera en un restaurante con otro hombre —sonrió a Danette—. Cuando Marcello me contó por qué no te conocíamos a
pesar de llevar seis meses juntos me quedó todo más
claro.

—¿Ah, sí?

—Pues sí. Y si un hombre es lo bastante tonto
como para mantener en secreto una relación como
la vuestra, merece ver a su novia con otro de vez en
cuando; aunque estoy seguro de que a Marcello le
habría bastado una sola vez para enmendar su error.

Marcello se echó a reír.

—Como siempre, te las sabes todas, mamá. Ya le
había prometido que no volvería a bailar con otra.

—Ah, lo de las fotos —Flavia sonrió a Danette—.
Eso tuvo que dolerte.

—Pues sí.

—Me sorprende que accedieras a casarte con
Marcello.

Él miró a su madre con reproche.

—Mamá…

Pero Danette sonrió.

—Aún no lo he hecho; pero le he prometido que
me lo pensaría.

—¿Por el bebé? —preguntó la mujer mientras los
conducía al salón.

Danette se sentó en una butaca de terciopelo rojo oscuro, y Flavia ocupó una butaca idéntica al otro lado de una mesa pequeña. Marcello se sentó en el sofá.

–Entonces, dime... ¿estás pensando en casarte con mi hijo por el bebé?

Al ver la vulnerabilidad reflejada en la mirada de Flavia, Danette decidió que, fueran cuales fueran los sentimientos de Marcello hacia ella, no pensaba fingir.

–Si me caso con él, no va a ser sólo por el bebé. Yo quiero a su hijo.

Flavia asintió, claramente complacida.

–Sí, ya lo veo. Tu modo de mirarlo la otra noche, o más bien de evitar su mirada, me resultó también revelador.

–Los que estaban conmigo a la mesa no se dieron ni cuenta.

–¿Ninguno? Qué raro... –comentó Flavia.

–Bueno, Ramon, mi acompañante, se dio cuenta de que Marcello no había dejado de mirarlo. Me dijo que tuviera cuidado con él.

–Un hombre muy listo. Quiero mucho a mi hijo, pero esa fama de playboy que tiene... –dijo Flavia, como si Marcello no estuviera delante–. Ay, ay, ay...

–¡Mamá! –protestó Marcello.

–¡Como si Danette no lo supiera! Creo que ha sido muy valiente enamorándose de ti.

Danette no sabía si reír o llorar. La mujer no tenía ningún tacto delante de su hijo, aunque seguramente lo haría a propósito.

–Yo amaba a su padre, sabes –le dijo Flavia a Danette–. Aunque el amor no quita el dolor, eso debes saberlo.

Marcello se puso pálido y miró a su madre con fastidio.

—Mamá, Danette aún tiene reservas a la hora de decidir si quiere casarse conmigo; no hace falta que tú le añadas más.

—Me alegro. Yo me casé con tu padre con los ojos cerrados y luego pagué por ello; pero ella no va a ser tan tonta.

—¿Cree que Marcello podría tener una aventura? —preguntó Danette, pues necesitaba saberlo.

Marcello maldijo entre dientes. Flavia sonrió a su hijo con afecto antes de volverse hacia Danette.

—No, no lo creo. Si quieres saber la verdad, creo que si no me hubiera divorciado de su padre, Vincente no se habría descarriado. Él aún se sentía culpable por acostarse conmigo después de la muerte de su querida esposa. Su comportamiento fue totalmente autodestructivo.

—Y si creías eso, ¿por qué le dejaste? —preguntó Marcello.

—Porque al principio no lo creí, de lo dolida que estaba. Tardé unos años en darme cuenta de que todo lo había hecho para castigarse a sí mismo por su sentimiento de culpabilidad. Y ahora estoy segura de que lleva ya veinte años castigándose por haberme sido infiel.

Marcello estaba claramente sorprendido.

—Pero…

—Sé que siempre os contó eso de que los Scorsolini sólo aman a una mujer; pero si tu padre sigue sin querer entregarse a nadie para proteger sus sentimientos, terminará sólo en su vejez. Y eso me preocupa.

—¿Entonces por qué quieres convencer a Danette

para que no se case conmigo? —le preguntó Marcello enfadado.

—Porque debe tener en cuenta el coste emocional. Tú también has decidido proteger tu corazón y te has negado a amarla.

—¿Y cómo lo sabes? —le preguntó Marcello en tono beligerante.

—Porque si le hubieras dicho que la amabas, ella ya te habría dado el sí. ¿Verdad o no, Danette?

Danette asintió.

—Si lo hubiera dicho de corazón, sí, es cierto.

—¿Lo ves?

—Mamá, te quiero mucho, pero no quiero hablar de esto contigo, ni delante de ti.

—Lo entiendo. A uno le da mucha vergüenza hablar de sus errores delante de su querida madre, ¿verdad?

—Si Danette y yo nos casamos, es algo que nos incumbe sólo a nosotros.

—Pues si crees eso, no deberías haberle dicho a tu madre que ya era un hecho —dijo Danette, un tanto divertida por la situación.

Marcello ahogó un gruñido de frustración.

—¿Cenamos ya o qué? —preguntó con los dientes apretados.

—Sí, vamos a cenar. No es bueno hacer esperar a una mujer embarazada.

Danette no sabría decir cómo, pero durante la cena salió el tema de su escoliosis, y del miedo que tenía ella de que sus hijos la heredaran.

—Si tus hijos heredaran su enfermedad —le dijo Flavia a su hijo—, tratarías el problema del mismo modo que tratas las demás cosas. Tu amor por ellos te ayudaría con todo; y siempre puedes acudir a mí para que te ayude.

Marcello y Danette se echaron a reír.

—Cuando me dijiste que en tu familia erais orgullosos, supuse que te referías sólo al lado de tu padre. Desde luego, has heredado de tus progenitores las cualidades para haber sido el heredero a la corona —dijo Danette.

—Ah, Marcello detestaría ser el heredero al trono... Es demasiado reservado para eso.

—Es verdad —corroboró Marcello—. Además de eso, Claudio tendrá que llevar asuntos de estado que me resultan aburridísimos.

—Pero no se puede negar que mi hijo ha heredado una buena parte del orgullo de familia —dijo Flavia con una sonrisa—. Y dime, ¿vas a venir a la boda de Tomasso y Maggie?

—Yo la he invitado.

—Si mal no recuerdo, lo que me dijiste exactamente fue que podríamos hacer una boda doble —comentó Danette.

—¡Idiota! —dijo su madre con cariño—. Si Danette accede a casarse contigo, celebraremos una boda siciliana como Dios manda; nada de aprovechar la de tu hermano, como si lo vuestro hubiera sido algo pasajero y quisierais ponerle un parche a la situación.

—¿Te olvidas de que está embarazada? —le preguntó Marcello—. Preferiría que nos casáramos antes de que nazca nuestro hijo.

Su madre negó con la cabeza.

—Con el dinero que tienes y las influencias familiares, puedes celebrar una buena boda en un mes, aunque a lo mejor es poco tiempo para enviar las invitaciones.

—Me da lo mismo quién venga a la boda —respondió Marcello en mal tono.

–Pues a mí no –dijo Danette–. Mi madre se disgustaría muchísimo si no pudiera invitar a todos nuestros amigos y familiares a la boda de su hija. Si accedo a casarme contigo, tendrás que aceptar eso.

–¿Entonces quieres decir que te casarás conmigo? –preguntó Marcello en lugar de responder.

–Yo no he dicho eso –respondió Danette con impaciencia–. Deja de presionarme; no va a funcionar.

–Te he dicho que amaba a Vincente cuando me casé con él –dijo Flavia.

–Sí –respondió Danette, contenta de dejar el tema de su boda.

–De no haber estado embarazada, no lo habría hecho. Yo sabía que me arriesgaba a que él no se diera a sí mismo la oportunidad de amarme.

–¿Entonces te casaste por mí? –preguntó Marcello.

Flavia suspiró.

–Sí. Siendo de sangre real, no quería que nacieras ilegítimo para no sufrir el acoso de los fotógrafos y todos los buitres de la prensa. Pagué por mi locura, pero no me arrepiento de ello; porque de no haberlo hecho yo, te lo habrían hecho pagar a ti.

Danette entendió lo que quería decir, y se le encogió el corazón sólo de pensar que su futuro hijo tuviera que pagar los platos rotos por la decisión que ella tomara.

–Entiendo lo que quieres decir.

Flavia sonrió con ternura.

–Lo sé, pero debes ser tú quien tome la decisión, Danette. Sólo quiero que tengas en mente que la vida de la realeza no es como la vida de los demás. Puedes ser pobre como las ratas y aun así sufrir el acoso de los medios sólo por tener un título.

Después de eso, Flavia trató de sacar temas de conversación más triviales, y Danette colaboró con entusiasmo.

—Te ha gustado conocer a mi madre, ¿verdad?

Habían salido de casa de su madre hacía cinco minutos, y desde ese momento Danette no había dicho ni palabra.

—Ah, sí… me ha gustado mucho conocerla. ¿No te ha parecido exagerado eso que ha dicho de tu padre?

—La verdad es que en parte tiene sentido, aunque parezca raro.

—Sí, pero echa por tierra la creencia de que los hombres Scorsolini aman una sola vez en la vida, ¿no?

A Marcello no le interesaba en ese momento la vida de su padre.

—Mi madre tiene razón en lo que ha dicho de que el niño sea legítimo.

—Sí, es verdad.

—¿Entonces vas a aceptar casarte conmigo?

—Parece como si sólo te interesara el matrimonio por el bien de nuestro hijo.

Marcello no sabía de dónde le salían esas ideas.

—No, quiero que seas mi esposa de verdad, no sólo de nombre.

—Ayer no querías eso.

—Las cosas han cambiado desde ayer.

—Sí, hoy te has enterado de que vas a ser padre. Supongo que es algo muy importante para ti en particular —añadió ella en tono pensativo.

Marcello no quería pensar en el pasado.

–Danette, debería haberte presentado a mi madre antes, lo sé.

–De todos modos, tu madre se dio cuenta nada más vernos de que había algo entre nosotros.

–Lo que quiero decir es que debería haberle dicho antes que tenía novia y haberos presentado.

Danette no respondió, y se volvió a mirar por la ventanilla.

–Y la otra noche tampoco fingí no conocerte –añadió él para asegurarse.

–Pues a mí me pareció así.

–Te traté como a todos los demás.

Un error monumental, pensaba Marcello. Danette se lo había tomado como prueba de que no era especial para él; y nada más lejos de la realidad. Marcello se daba cuenta de que la deseaba como no había deseado a nadie en su vida.

Danette se volvió a mirarlo.

–Me dolió, porque yo no era una más.

–No fue mi intención hacerte daño; quiero que lo sepas.

–En parte lo sé, pero me dolió mucho, y esa parte no entiende tus intenciones.

Marcello no sabía cómo arreglarlo.

–Yo no sabía que tú ya no soportabas más seguir manteniendo lo nuestro en secreto. Cuando hablamos de esto la noche que volví de Isole dei Re, pensaba que estabas enfadada por la foto.

–La foto fue el detonante de algo que estaba ahí, aunque yo lo hubiera negado.

–Y me disculpé.

–Pero esa foto no se habría tomado si nuestra relación no hubiera sido un secreto.

–En eso tienes razón; pero reconoce que al principio te hacía gracia la relación secreta. ¿Cómo iba a saber yo que habías cambiado de parecer de un modo tan drástico?

–Al principio fue muy romántico –suspiró–, y resultaba emocionante todo el secretismo. No hacíamos nada malo, la verdad.

–En absoluto.

–Aunque ahora que estoy embarazada sin estar casada, al menos mi madre sí que diría que hemos hecho algo malo.

–No me avergüenzo de haberte dejado embarazada.

–Lo sé. Se te nota lo orgulloso que estás.

–¿Y a ti te da vergüenza?

–Bueno, no es que me guste haberme quedado embarazada siendo soltera, pero no me avergüenzo de ello.

–No tienes por qué estar embarazada y soltera; puedes estar embarazada y casada. Podrías ser princesa.

–Eso es un sueño para las niñas, y yo ya no soy una niña. Para mí, el matrimonio es mucho más que vivir un cuento de hadas.

–Pues claro que es más. Llevas a mi hijo en tu seno.

Danette estaba cansada de oír lo mismo todo el tiempo.

–¿Otra vez con lo del matrimonio de conveniencia?

–Y te he dicho que yo deseo un matrimonio real.

–Marcello, no me gusta sentir que soy el exceso de equipaje que viene con el bebé.

Marcello aceleró para pasar en ámbar.

–Yo no te veo así.

–Me da esa sensación.

–Antes de saber que estabas embarazada, yo no quería romper nuestra relación; y también te invité a la boda de mi hermano –añadió, para convencerla.

–Te gusta acostarte conmigo; siempre lo he sabido.

A Marcello le molestaba cada vez más que ella insistiera en verlo todo desde aquel punto de vista tan negativo.

–Y a ti también te gusta; pero yo no te acuso de que me quieras sólo por eso, o por las riquezas de las que puedas disfrutar conmigo.

–¿Y por qué ibas a acusarme de eso?

–La mayoría de las mujeres me han perseguido por mi dinero o por mi título; para mí sería muy fácil meterte en el mismo saco.

–¿Crees eso de mí?

–No.

–Entonces la comparación no viene a cuento.

–Sí que viene a cuento porque tú dices que sólo te quiero por el sexo y porque estás embarazada. Yo nunca te he demostrado que sólo quiera sexo contigo.

–Pero has mantenido lo nuestro en secreto.

–Ya sabes que lo hice porque temía la intrusión de los paparazis, lo hemos hablado ya; y no porque me avergonzara de ti, o porque no te valorara. Recuerda que hasta hace poco estabas conforme con nuestra situación. No es razonable hacerme responsable de un cambio de parecer en ti del que yo no tenía idea.

Danette era una mujer lista y razonable, tenía que darse cuenta de ello.

–Lo malo no es lo de la prensa, que lo entiendo,

sino que no hayas querido hablarle a tu familia de mí. Y no lo hiciste porque tú no querías casarte conmigo, Marcello. ¿Cómo puedes decir ahora que no me has pedido que me case contigo por mi embarazo? Pues claro que sí, y por eso siento que soy el exceso de equipaje que trae el bebé, no una mujer que tú hayas deseado por ella misma.

—No es verdad que no te quiera por ti misma. Tu embarazo sólo ha precipitado mi proposición de matrimonio, pero sé que habría acabado presentándote a mi familia y pidiéndote que te casaras conmigo.

Había reflexionado mucho después de que ella le echara de su casa, y al final había llegado a esa conclusión.

Claro que eso no se lo había dicho a ella. En ese momento, aún había estado negándose a aceptar las consecuencias; aunque eso ya no era así.

Capítulo 9

A DANETTE se le escapó un gemido entrecortado.

–Parece que estás reescribiendo la historia, Marcello.

–No estoy haciendo nada de eso; te quiero en mi vida. Eres una adicción que no puedo dejar; que no quiero dejar, Danette. Si la alternativa era perderte, prefería casarme contigo. Lo sé.

–¡Pero te das cuenta de lo que dices! –gritó Danette, visiblemente disgustada.

Marcello no sabía bien qué era lo que le había molestado tanto; pero en su estado no le convenía ponerse tan nerviosa.

–Cálmate, *amore mio*.

–¡No me pidas que me calme! Acabas de decirme que si te hubiera hecho chantaje no acostándome contigo, habría funcionado. Incluso siendo lo arrogante que eres, es imposible que puedas verlo como un elogio.

–Pues no ha sido un insulto, de eso estoy seguro; y yo no he dicho nada de chantaje.

–No habrás dicho nada, pero de todos modos era un chantaje emocional; y eso es algo que aborrezco.

–¿Por qué eres tan inflexible?

–Porque mi madre era una experta. Mis padres

quisieron protegerme tanto, que a veces me rebela-
ba. Siempre estaban diciendo lo mismo, siempre re-
pitiendo lo mucho que se habían sacrificado por mí,
y lo mucho que les preocupaba que me pasara algo.
Poco importó que sus miedos me destrozaran la infancia.

—Eso no se lo harías a nuestro hijo.

—No, nunca; pero tampoco a ti.

—Yo no he dicho que me lo fueras a hacer.

—Pero lo has insinuado.

—En absoluto —se defendió Marcello—. He dicho
que si tenía que elegir entre perderte y casarme contigo, me habría casado contigo.

—Uy, muchas gracias. Un matrimonio así es el
sueño de toda adolescente.

Él hizo una mueca.

—Veo que todo lo que diga no va a servir de nada
contigo.

—Lo siento, pero es que me cuesta mucho creerte.

Marcello le puso la mano en el muslo, pues necesitaba el contacto físico con ella.

—No sé qué es lo que quieres escuchar, *amore
mio*. Dime por favor qué te impide casarte conmigo.

Ella se echó a reír, pero no fue una risa relajada.

—Necesito saber que me quieres.

—¿Como tú a mí? —dijo él, cada vez más enfadado.

¿Eran las palabras que él no había pronunciado
lo que la frenaban?

—Sí —dijo ella en tono desafiante.

Marcello le retiró la mano del muslo, dominado
por una rabia que no entendía.

–Estabas dispuesta a dejarme, a apartarme de tu vida totalmente; y según veo sigues igual. Te niegas a casarte conmigo, ni siquiera por el bien de nuestro futuro hijo. ¿Ésa es la clase de amor que quieres que sienta por ti?

–Pues…

–Te gusta estar conmigo. ¿Pero amor? No creo, el amor no se rechaza con tanta facilidad.

–Yo no te he rechazado –se defendió Danette.

–¿Y cómo llamas a tu negativa a volver juntos, a aceptar la mano que te he tendido?

–Yo te quiero de verdad.

–Es lo que dices, Danette, pero las palabras pierden todo su significado si no van acompañadas de hechos. De todas formas, si diciéndotelas te vas a mostrar más abierta al matrimonio… entonces te quiero. ¿Te quieres casar conmigo?

–¡No!

–¿Por qué no? Te he dicho lo que querías oír.

–Sí, pero no hay nada que sustente tus palabras.

–Confía en mí, hay mucho sentimiento detrás; para empezar, el sentimiento de querer estar a tu lado toda la vida.

–¡Basta! ¡Estás tergiversando todo lo que digo!

–A lo mejor lo he aprendido de ti.

–Por favor, Marcello. No quiero discutir más.

Se detuvo frente a la casita, con movimientos nerviosos. Estaba muy enfadado, pero sabía que debía controlarse.

–Voy a entrar contigo.

–Para discutir más, no –dijo ella con gesto suplicante.

–No quiero discutir contigo.

A Danette se le llenaron los ojos de lágrimas.

–Ni yo tampoco.

–Entonces entremos, *cara*.

Horas más tarde Marcello estaba en la cama abrazado a Danette, pero se le había quitado el sueño.

Aparte de no poder tener hijos, su vida con Bianca había sido casi perfecta. Se habían conocido desde niños y raramente habían discutido. Pero la perfección no existía, y siempre se sentiría culpable por lo que había pasado. De todos modos, había querido a Bianca y ella a él, aunque, como con Danette, ese amor había tenido límites de los que no había sido consciente hasta que había sido demasiado tarde.

Incluso antes del desastre de las fotos en la fiesta de su padre, su relación con Danette había sido más inestable. Ella lo desafiaba como no lo había hecho nunca su esposa siciliana.

Y su relación sexual era muy diferente a la que había conocido con Bianca. Deseaba a Danette con una pasión que lo consumía, de un modo que nunca había deseado a Bianca. Bajo ningún concepto habría practicado el sexo con su mujer encima de una mesa como lo había hecho con Danette. Marcello sabía que lo que sentía por ella rayaba en la obsesión; mientras que ella quería corazones y ramos de flores.

Sin embargo, él preferiría que Danette le demostrara que le quería casándose con él… Se dijo que no debía pensar de ese modo. Lo que de verdad le molestaba a Danette era que él se hubiera negado a casarse con ella antes de se hubiera quedado embarazada. Sabía que había pisoteado su orgullo de mujer, y no había manera de arreglarlo.

Allí junto a Danette en la oscuridad de su cuarto y a solas con sus pensamientos, Marcello tenía que reconocer que en el fondo no había querido arriesgarse a parecer menos hombre. Había tenido miedo de no poder concebir un hijo con Danette como le había pasado con Bianca. Se había negado a enfrentarse al dolor de perder a otra mujer. Pero la cobardía era su castigo, y sabía que había sido un cobarde. Por culpa de eso, Danette no confiaba en él.

Pero también había mantenido las distancias para no hacerle daño a Danette con su esterilidad, como en el pasado le había hecho a Bianca. Al dolor que había sentido al pensar que no era suficiente hombre como para concebir se había añadido el dolor de Bianca por no poder tener un hijo.

Marcello suspiró cansinamente. El pasado no podía pesar tanto, había que apostar por el futuro. Convencería a Danette para que se casara con él. Aparte de no haber podido dejar embarazada a Bianca, él no era un hombre que fracasara habitualmente. Había duplicado los ingresos de Naviera Scorsolini en Italia con su tenacidad y su capacidad para resolver cualquier problema.

Danette no le dejaría estando embarazada de él; y él no pensaba abandonarla. De ahí en adelante estarían juntos, casados o no. Si ella se negaba a mudarse a su casa, él se iría con ella; y si Danette no le admitía en su cama, dormiría en el sofá si hiciera falta.

En ese momento estaba con ella en su cama porque se había quedado dormida y no le había dicho nada. Pero él sabía perfectamente que ella no estaba de buen humor, y de haber estado despierta, le habría enviado a dormir fuera.

Seguramente le diría que era un fresco; pero Marcello estaba allí por pura desesperación.

A la mañana siguiente, después de acompañar a Danette al médico para que les confirmara el embarazo, Marcello entró en una librería, donde compró varios libros y revistas sobre la gestación, los primeros meses del bebé y el desarrollo del niño en la primera infancia.

—No te irás a leer todo esto, ¿verdad? —preguntó ella mientras Marcello la ayudaba a montarse en la limusina con tanto cuidado como si fuera de cristal.

A pesar de la discusión de la noche anterior, Marcello llevaba toda la mañana muy agradable con ella. No había discutido, ni le había sacado el tema del matrimonio; sólo se había dedicado a cuidar de ella. Por supuesto, ella estaba encantada.

—Pues sí —dijo con una sonrisa de indulgencia—, y no me digas que tú no vas a leerlas, porque la mitad las has escogido tú.

—Sí, pero por ejemplo, no sé para qué necesitamos consejos para niños daltónicos —Danette pensó en la gracia que le había hecho al ver que el dependiente marcaba ese título; y también otro libro sobre cómo enseñar a nadar a un niño—. El niño, o la niña, aún no ha nacido; no hay razón para pensar que será daltónico.

—Por si acaso.

Danette se echó a reír otra vez.

—Eres un caso clínico, ¿lo sabías?

—Voy a ser padre; creo que tengo derecho.

Cedió ante la irresistible ansia de devolverle la sonrisa. Cualquiera se habría dado cuenta de lo orgulloso que estaba porque iba a ser padre. A Danette le resultaba muy tierno, y viendo lo contento que estaba era difícil seguir enfadada. Aunque en verdad lo estuviera.

Seguía dolida porque detestaba pensar que él creyera que su amor por ella no era real…

A Danette se le escapó un suspiro.

—Ese suspiro me dice que algo te pasa; yo te conozco —le agarró la cara con las dos manos—. Los dos sabemos lo contento que estoy yo porque vamos a tener un hijo. ¿Pero y tú, tesoro mio, también lo estás?

Le resultaba tan difícil concentrarse cuando él la tocaba; sin embargo, intentó responder con la mayor sencillez posible.

—Pues claro, ¿acaso lo dudas?

—Ayer tenías miedo.

—Sigo teniendo miedo, pero en el fondo sé que es inútil; y la idea de tener un hijo contigo me enternece, si quieres que te diga la verdad.

Marcello retiró las manos y se recostó sobre el respaldo, con la vista al frente.

—Te enternece, pero no quieres casarte conmigo.

—¿Podemos dejarlo para otro momento?

A Danette no le gustaba discutir con él; estaba acostumbrada a disfrutar cuando estaban juntos, no a lo contrario.

—Acepta que estoy feliz por el bebé, y ya está.

—Si no quieres hablar de casarnos…

—No quiero, Marcello.

—Entonces pensemos en venirte a vivir conmigo.

—¿Qué? —respondió sorprendida.

Eso sería salir de una para meterse en otra.

—Estás embarazada y el niño es mío.

—Eso lo tenemos bien claro.

—Si no quieres casarte conmigo, quiero cuidar de ti. ¿Me concederás ese privilegio? —añadió, muy serio y decidido.

Pero Marcello sólo consiguió irritarla.

—¿De verdad crees que no quiero que tengamos una relación?

—Tú misma lo has dicho. Como ya has dicho varias veces, terminaste conmigo.

Aunque no fuera la intención de Marcello, Danette se sintió culpable. Marcello tenía razón, pero no porque ella no quisiera tener una relación con él, sino porque quería más de lo que él estaba dispuesto a darle.

Por otra parte, sabía que él había cambiado de parecer y que quería darle lo que ella deseaba.

—Yo no rompí contigo porque no te quisiera —dijo ella, recordando la queja de Marcello en ese sentido—. Pero me duele mucho estar contigo.

—¿De amante secreta?

—Sí —susurró ella un poco acongojada.

—Pero cuando te dije que nuestra relación dejaría de ser un secreto, tú has seguido negándote a casarse conmigo.

—Porque no quería sufrir más después, cuando te marcharas.

—No quiero repetirme, pero eso ya no es posible. Quiero casarme contigo; no quiero algo temporal.

—Quiero creerlo, pero...

—¿Pero no lo crees?

—He dicho que quiero —repitió.

Él suspiró.

–Pero no crees que vaya a serte fiel –dijo Marcello.

–Yo no he dicho eso –respondió ella.

–No hace falta. Te han convencido de que soy un playboy.

–No, nunca he creído eso.

–Pero no piensas que nuestro matrimonio vaya a durar.

–¿Cómo va a durar si sólo se basa en un embarazo inesperado y en tu tozudez por seguir juntos?

–Tenemos mucho más que eso –la contradijo Marcello.

–¿Como qué? –preguntó Danette.

–Tú también eres muy cabezota, y entre nosotros hay una química especial; además de que los dos queremos comprometernos a cuidar de nuestro hijo lo mejor posible. Incluso trabajamos para la misma empresa.

–Es más correcto decir que tú eres el dueño de la empresa donde yo trabajo.

–Pero es algo que tenemos en común, algo que nos unirá. Y a los dos nos gusta vivir en Sicilia, y eso es importante. Los dos somos demasiado fuertes y demasiado testarudos para permitir que nuestro matrimonio se vaya al garete.

Danette se quedó pensativa, sin saber si él tendría o no razón. Era cierto que los dos tenían mucho temperamento.

–Todo va tan deprisa últimamente que me da la impresión de que esta no es mi vida, que paso de un extremo al otro.

–Pero son extremos que tú has provocado.

–Yo no me he quedado embarazada sola –dijo Danette, mirándolo con fastidio.

Él sonrió, en absoluto ofendido.

—No, tesoro, eso lo he hecho yo.

Sin poderlo remediar, Danette se echó a reír a carcajadas. Su risa conmovió a Marcello de tal manera que empezó a besarla ardientemente antes de que a ella le diera tiempo a reaccionar siquiera.

Cuando Marcello levantó la cabeza, Danette estaba sentada en su regazo. Continuó besándola, incapaz de resistirse a darle un beso más.

—Qué bien sabes, *cara*.

—Y tú.

—¿Entonces, te vendrás a vivir conmigo?

Danette contuvo un suspiro. No se sentía mal; mentiría si dijera lo contrario. El embarazo la hacía sentirse más vulnerable; prefería vivir con él a enfrentarse a todo sola. Sobre todo porque ya no estaba nada segura de si quería hacerle frente a todo ella sola.

—¿Y qué harás si me niego, venirte a vivir a mi casa?

La cara que puso le delató.

—Es lo que habías pensado, ¿verdad? —insistió ella.

—Si quieres camas separadas… —dijo Marcello, aunque en ese momento ella estuviera sentada encima de él, sin intención de moverse—, entonces es más lógico que te vengas tú a mi casa. Tengo varias habitaciones de invitados.

Ella se acurrucó en su pecho.

—Me alegra saberlo —dijo para fastidiarle.

Ella también podía hacerse la interesante.

Capítulo 10

ESTÁS lista para marcharnos?
Danette levantó la vista del ordenador y vio a Marcello a la puerta. Estaba tan guapo, que el corazón le dio un vuelco.

—Después de faltar toda la mañana del despacho, pensé que tendrías demasiado trabajo para poder salir pronto esta tarde. Me sorprende que tu secretaria no esté nerviosa por todas las reuniones que habrás cancelado.

Él se encogió de hombros.

—Se le paga bien por su trabajo, y mis reuniones pueden esperar. Además, los asuntos más urgentes los puedo atender desde el despacho de casa; no quiero hacerte esperar.

—Por mí no te marches; la verdad es que tengo trabajo atrasado.

Él pasó y cerró la puerta del despacho.

—Pero no me parece conveniente que hagas horas extras; necesitas descansar.

—Estoy embarazada, no enferma, Marcello.

—Esta mañana en la consulta del doctor te tuviste que ir corriendo al baño…

—No me lo recuerdes… Pero ahora me siento bien, en serio; y prefiero seguir un poco más.

—¿Cuánto tiempo más?

—Dos o tres horas.

Él volteó los ojos con impaciencia.

–Tampoco te pases, *cara*. No estoy de acuerdo con que te quedes tanto tiempo, y no sólo porque estés embarazada. Dentro de una hora y media vuelvo a por ti.

Que lo amara con locura no significaba que fuera a dejar que él controlara su vida.

–Voy a necesitar como mínimo dos horas, Marcello. Pero puedes irte a casa sin mí.

–Eso no va a ocurrir –dijo él.

–Entonces te veo dentro de dos horas –concluyó Danette.

–Exactamente.

–Ya estás en plan mandón otra vez –le dijo con interés.

Él se encogió de hombros y sonrió un poco.

–Y tú en plan cabezota; pero creo que lo soportaré, igual que tú tendrás que soportarlo cuando me ponga mandón, como dices tú.

–Mientras seas consciente de que me reservo el derecho a exigirte lo mismo.

Él se detuvo, con la mano en el pomo de la puerta.

–¿En qué sentido?

A Danette le quedó claro que Marcello no estaba acostumbrado a la idea de que una mujer fuera marimandona.

–Si creo que trabajas muchas horas, te exigiré que te marches a casa –le advirtió ella.

–Me acordaré –respondió él, curiosamente satisfecho, antes de marcharse.

Diez minutos después, una empleada de la cafetería de la empresa llegó con una bandeja llena de nutritivos aperitivos y una botella de agua mineral, por orden de Marcello.

–¿El *signor* Scorsolini ha pedido algo para él?

–No, *signorina* –respondió la empleada con evidente curiosidad.

–Entiendo –Danette abrió el bolso, sacó un billete y se lo dio a la camarera–. Entonces haga el favor de llevarle otro plato como éste que me ha traído y un zumo de frutas.

–Muy bien…

–Ah, espere, ponga esto.

Dante escribió rápidamente una nota, la dobló y la dejó en la bandeja.

Diez minutos después sonaba el teléfono.

–Danette Michaels al aparato.

–Gracias, tesoro.

Ella sonrió y se recostó un poco en el asiento.

–De nada; aunque soy yo quien debe darte las gracias a ti.

Cuando comía pocas cantidades con más frecuencia, no sentía tantas náuseas. Enseguida se había dado cuenta de que era mejor así.

–También me ha gustado la nota.

Ella le había escrito: *Ojo por ojo, te quiero, Danette*.

–¿Ah, sí?

Quería convencer a Marcello de que lo amaba; porque no soportaría casarse con él si Marcello pensaba que sólo quería sexo o una amistad con él. Aunque bien pensado ésa no era una definición tan mala del amor; pero en su caso no llegaba a explicar los sentimientos que la empujaban a pensar que daría su vida por él.

–Sí, estate lista a las siete.

–Y si no lo estoy, ¿qué vas a hacer?

–Sacarte en brazos.

No dudó de su intención.

—Eso quedaría un poco raro delante de los empleados.

—A mí eso no me importa… ¿Y a ti?

Sabía por qué lo decía. Esa tarde, cuando habían llegado juntos a la oficina, Marcello no había intentado ocultar el hecho de que estaban juntos. Y teniendo en cuenta los rumores que corrían ya después de lo del día antes durante la presentación, todos habrían sacado las conclusiones correctas, más alguna más.

En la oficina llevaban toda la tarde echándole miradas de curiosidad; pero tenía que reconocer que no le importaba.

—Creí que me iba a importar más que mis compañeros supieran que eres mi amante, pero no es así. Sé que hago bien mi trabajo y que no utilizo nuestra relación; y eso es lo único que me importa.

—¿Entonces, soy tu amante?

—¿No entiendo la pregunta…?

—Es para saber cuántas camas se ocuparán en mi casa esta noche.

Danette no había pensado que tuviera que decírselo por teléfono.

—Esta mañana parecías muy empeñado en hacer uso de una de tus habitaciones de invitados.

—Si es lo que hace falta para que te sientas a gusto en mi casa, que así sea.

Danette no sabía lo que necesitaba, ojalá lo supiera; pero desde que estaba embarazada estaba hecha un lío y tenía los sentimientos a flor de piel.

—Me gusta dormir a tu lado, pero…

—¿Pero qué…? —dijo él con tensión.

—No sé si estoy lista para hacer el amor contigo.

Si lo hiciera, tú pensarías que me estoy rindiendo y empezarías a planear la boda.

—Me conoces bien.

—Supongo que en algunas cosas sí.

—Entonces, ¿me dejarías acostarme contigo, pero no tocarte íntimamente?

—Sí, pero…

—¿Más peros?

—Es que no es justo para ti. Sé que querrías hacer el amor conmigo.

—En este momento, aceptaré lo que quieras darme —dijo con resignación.

—Marcello, estoy muy confusa, y creo que el sexo sólo acabaría confundiéndome más; lo sé.

—A lo mejor es al contrario; al menos para mí.

—Me prometiste que no me presionarías.

—¿Cuándo fue eso?

—Ahora mismo, ¿no?

—Bueno, te he prometido que no te iba a tocar, pero no que vaya a fingir que no te deseo ya. Si lo hiciera, acabarías pensando mal.

—Dime, Marcello, ¿crees que estoy tan confusa por el embarazo o porque finalmente he aceptado que te quiero? —le preguntó.

—Por el embarazo —dijo él sin dudarlo.

—Pero yo te quiero —dijo con emoción.

—Demuéstramelo.

—¿Cómo?

—Casándote conmigo.

Debería haberlo visto venir.

—¿Hay otra manera?

—¿Qué otra manera va a haber? Me niegas el consuelo de tu cuerpo, y la comodidad de daros a nuestro hijo y a ti mi nombre. No quiero hacerte daño, Danette, pero el tuyo es un amor que no reconozco.

Danette sintió ganas de llorar. Marcello no había querido hacerle daño, pero de todos modos a Danette le dolía que él no la creyera.

—Tengo que seguir trabajando.

—Sí, yo también.

—¿Y tú crees que vas a poder compartir la cama conmigo sin hacer nada?

Danette tenía miedo de dormir con él, porque si Marcello la tocaba, no iba a poder contenerse.

Marcello resopló con consternación contenida.

—Si te preocupa dormir conmigo en mi cama, creo que sería mejor que ocuparas la habitación de invitados. No quiero importunarte en modo alguno.

—Pero no quería decir que…

—Me lo has dejado claro, Danette; pero no te preocupes más por eso. Ahora debo dejarte. *Ciao, bella.*

—*Ciao.*

Después de colgar, Danette se quedó un momento pensativa, tratando de contener las lágrimas. Para Marcello era importante dormir juntos. Pero no se fiaba. Si hacían el amor, para ella sólo sería un consuelo, mientras que para él significaría un compromiso que Danette aún no quería hacer.

Capítulo 11

DANETTE se despertó después de pasar una mala noche en la habitación de invitados de casa de Marcello. La cama era muy cómoda, la decoración del cuarto discreta y de buen gusto; como lo era todo el precioso apartamento de cuatro dormitorios de Marcello. Sin embargo, Danette le había echado de menos esa noche.

Habían cenado más o menos en silencio, y después Marcello se había excusado diciendo que tenía trabajo que hacer en su despacho. Ella se había puesto a ver la televisión; pero cuando se había ido a la cama dos horas después, Marcello aún no había salido de su despacho.

Le dolía la distancia que se había impuesto entre los dos; incluso más aún que cuando habían roto. En el fondo sabía que deberían estar juntos y que, de no ser por su negativa, podrían estarlo.

Le habría gustado que él aceptara que ella ya lo amaba antes de casarse. Pero parecía que iba a tener que arriesgarse a casarse con él para que él creyera en la sinceridad de sus sentimientos.

Se daba cuenta de que su comportamiento le tenía muy confuso, y todo lo que Marcello decía o hacía era prueba de lo poco que entendía sus motivaciones.

Marcello tenía razón en una cosa: que el amor se

demostraba con hechos, no con palabras. El amor no era motivo para que una mujer se arrastrara; el amor era el motor que le impulsaba a uno a arriesgarse. Se dijo que, si amaba a Marcello, no debía hacerle daño; aunque eso fuera exactamente lo que había pasado.

Su rechazo le había hecho tanto daño a Marcello, como a ella que él hubiera preferido llevar su relación en secreto, o que hubiera rechazado de plano la idea de casarse con ella.

De pronto le dio una arcada tan grande que tuvo que ir corriendo al baño que había en el dormitorio. Se arrodilló delante del váter, para no caerse. Pasados unos momentos sintió la mano de Marcello en la espalda.

—Veo que no me has esperado… Te he traído té y unas tostadas.

—No podía —susurró, temblorosa y mareada.

Él se arrodilló a su lado medio fastidiado, medio pesaroso; Danette se recostó un poco en él.

—¿Qué voy a hacer contigo, *amore mio*?

—¿Qué te parece si me ayudas a levantarme? —sugirió ella.

Él la ayudó a levantarse. Danette se enjuagó la boca y después se limpió la cara con una toalla humedecida en agua tibia.

Entonces Marcello la levantó en brazos y la llevó a la cama.

—Si hubiera estado aquí contigo, te habría podido ayudar antes. ¡Es una tontería dormir en camas separadas!

Tumbada en la cama, Danette mordisqueó un pedacito de tostada y dio un sorbo del té, que estaba flojo pero muy dulce, mientras él se desahogaba medio en italiano, medio en inglés.

Entonces, Marcello se sentó en la cama y le tomó la mano.

–Lo siento… Acabas de vomitar, y yo aquí despotricando. Perdóname.

Danette sonrió; se sentía un poco mejor.

–De todos modos, creo que tienes razón. Anoche dormí muy mal.

–¿Me has echado de menos? –dijo con mirada de satisfacción.

Ella ahogó una sonrisa al ver su reacción.

–Sí.

–Yo también te he echado de menos, tesoro.

–¿Entonces… dormimos juntos?

–¿Estás segura?

–Totalmente.

–¿Y no tienes miedo de que quiera seducirtc?

–Confío en ti.

–Al menos es algo.

Lo era; ¿pero sería suficiente?

Una hora después, Danette experimentó la primera intrusión de la prensa al responder al teléfono. La periodista quería que le contara algo sobre su relación con Marcello; pero Danette le dijo que no tenía ningún comentario que hacer y puso fin a la conversación.

Estaba repasando una lista de cosas que tenía que terminar ese día cuando llegó a su despacho una representante de una exclusiva boutique. La mujer parecía una modelo más que una dependienta, y le explicó a Danette que estaba allí para enseñarle una selección de ropa para su próximo viaje a Isole dei Re.

–He traído varios conjuntos por encargo del príncipe –dijo la mujer, indicándole un perchero transportable.

–¿La envía Marcello?

La mujer asintió; y Danette descolgó el teléfono y marcó el número privado del despacho de Marcello.

–Quiero que tomemos el avión directamente a Isla Scorsolini –respondió Marcello cuando ella le informó de la presencia de esa mujer–. Tenemos la pista reservada para las cuatro y media.

–¿Y por qué quieres ir tan temprano?

–Mi padre quiere tener la oportunidad de conocerte un poco antes de la boda de mi hermano.

Danette se acordó de lo que él le había contado de cuando Maggie, la prometida de Tomasso, había conocido al rey, y se le borró la sonrisa de los labios.

–Ah.

–Es importante para mí, *amore mio*.

–Entonces iremos, por supuesto.

–Bien. Después de la boda, podemos ir a Estados Unidos a conocer a tus padres.

–De acuerdo.

Danette ni siquiera les había contado que estaba saliendo con Marcello, ni tampoco que estaba embarazada. Tendría que llamarlos desde Isole dei Re porque sus padres aún estarían durmiendo.

–Pero eso no explica que me envíes una dependienta a mi despacho.

Danette le echó una sonrisa de disculpa a la dependienta por hablar de ella como si no estuviera allí.

–Imaginé que no querrías dejar tu trabajo para ir

a comprarte ropa; pero que te negarías a venirte conmigo si no tenías algo apropiado para la boda.

—¿Y así es como pretendes conseguir mi conformidad?

—Sí. ¿Te ha molestado?

Danette se fijó en los tres conjuntos que la mujer le había colgado delante, y negó con la cabeza.

—¿Cómo me va a molestar? Tiene un gusto impecable.

—A mi madre y a mi hermana Therese les encanta esa boutique.

—Entonces creo que estoy en buenas manos. ¿Pero, y mis cosas de aseo? No tengo el cepillo de dientes.

—Eso ya está arreglado.

—Bien, gracias. Voy a ocuparme de la ropa y te dejo que sigas trabajando.

—No pareces muy contenta.

—Desde luego es mejor que ir de compras.

Marcello se echó a reír.

—Salimos a las tres para el aeropuerto, te paso a buscar.

—Sí, señor.

—Si te burlas de mí, ten cuidado, tesoro.

—¿Qué me vas a hacer?

—Yo sabré lo que voy a hacer, tú sólo tienes que preocuparte.

—Pues no estoy preocupada.

—Será por tu embarazo.

—Tal vez…

Al oír la risa de Marcello, Danette se animó un poco.

—Te veré más tarde, *caro*.

Siguió un silencio de un par de segundos, y Danette pensó que había cortado.

–Hasta luego, *cara* –respondió Marcello en un tono ronco y sensual.

Con la emoción intercalando sus fantasías, Danette escogió cuatro conjuntos y respondió a un cuestionario sobre sus preferencias que había llevado la dependienta de la boutique. La mujer le explicó que guardaría toda la ropa en un juego de maletas y que lo llevarían al jet privado de Marcello.

Danette no sabía por qué hacía falta un juego entero de maletas para guardar los cuatro conjuntos, pero tenía demasiadas cosas que hacer hasta la tarde para preocuparse por ello.

Marcello colgó con una sonrisa en los labios, seguro de que Danette no se había enterado de algunas de las historias que se habían publicado ya en la prensa. Al hablar con ella, le había dado la impresión de que estaba relajada y tranquila.

Su decisión de salir temprano para Isole dei Re había sido la acertada: Danette necesitaba protección, y él se la daría. Siempre.

Los ofensivos periódicos que tenía en su mesa desde esa mañana implicaban cosas que harían daño a Danette; y ella ya había sufrido bastante en la vida.

No le avergonzaban los titulares que le llamaban de todo, desde novio cornudo a seductor sin sentimientos que se había aprovechado de ser el presidente de la empresa para seducir a la joven americana. Sencillamente no le importaban. Pero sabía que Danette sufriría al leer todo eso, y no podía soportarlo.

No permitiría que ella los viera, y si tenían que

quedarse más tiempo tras los muros de su palacio en Isole dei Re para protegerla, lo harían.

Danette supuso que Marcello no quería hablar de las declaraciones de la prensa sobre su relación, porque no sacó el tema ni en el trayecto al aeropuerto, ni durante le vuelo a Isole dei Re. El viaje fue largo, y los dos se pasaron las dos primeras horas trabajando. Después de cenar, Marcello se puso a trabajar otro rato; a ella le sugirió que se relajara y viera una película en el DVD de que disponía el jet privado.

Lo que ella quería era echar una siesta, por eso a mitad de la película se quedó dormida.

Danette estaba aún dormida cuando aterrizaron, y sólo se despertó cuando Marcello le zarandeó suavemente por los hombros para despertarla.

—Ya hemos llegado, *amore mio*.

Danette pestañeó, tratando de despertarse.

—Ah, vale. ¿Mmm… qué hora es?

—Casi las tres de la madrugada en Palermo, y sobre las nueve de la noche en Paradiso.

—Ah.

Estaba tan cansada que sólo quería volver a dormir.

—Estás cansadísima, ¿no? —dijo Marcello con una sonrisa en los labios.

La levantó en brazos para bajar del avión. Danette protestó un poco, pero al recostar la cabeza en Marcello se volvió a quedar medio dormida. Fue vagamente consciente de que se montaban en un coche y de hacer un breve trayecto antes de que el coche se parara.

Entonces Marcello la sacó del coche en brazos y la sujetó con fuerza. Unas luces terminaron de despertarla, y Danette pestañeó y miró alrededor. Había mármol por todas partes, enormes columnas de estilo renacentista y una colección de estatuas que no tenía nada que envidiar a lo que había visto en el viaje a Florencia el primer mes que había empezado a trabajar para Naviera Scorsolini.

–Esto parece un museo.

Una risa grave y masculina se oyó a sus espaldas.

–Sí, podría ser.

Danette se dio la vuelta y contempló al rey de Isole dei Re. Como tenía demasiado sueño, no pensó siquiera en ponerse nerviosa.

–Hola Danette Michaels. He oído que estás embarazada del próximo nieto Scorsolini.

Ella miró a Marcello con fastidio.

–¿También se lo has dicho a él?

–¿Esperabas que no lo hiciera? Te aseguro que, después de leer los periódicos de hoy, me habría enterado.

–¡Papá!

Los hombres se miraron de un modo especial; entonces el rey negó con la cabeza. Danette no se enteró porque estaba un poco adormilada.

–Al final se va a enterar –dijo el rey.

–Ahora sólo me quiero enterar de saber dónde voy a dormir –murmuró Danette, antes de darse cuenta de lo grosero de su comentario–. Ay, lo siento… –se disculpó, ligeramente ruborizada por su impertinencia.

–No te preocupes, hija. La madre de Marcello estaba igual cuando estaba embarazada de él.

–¿Cómo?

–Malhumorada, y a menudo cansada.

–Yo no estoy malhumorada –miró a Marcello y se le empañaron los ojos–. ¿O sí?

–No, tesoro –le echó una mirada de advertencia a su padre.

–Flavia era también muy emocional… Pero no ha sido mi intención ofenderte, pequeña. Por favor, perdona a este viejo sin tacto.

–Viejo no es –murmuró Danette, aún apoyada en Marcello–, pero sí que tiene poco tacto.

Pensaba que lo había dicho tan bajo que el otro no habría podido oírla, pero cuando subían las escaleras el hombre se reía a carcajadas. Al menos no se sentía ofendido.

Marcello la despertó al día siguiente con una taza de té en la mano.

–Pensé que, si te traía el té y la tostada al despertarte, no te pondrías mala.

–Vale la pena intentarlo.

Y, sorprendentemente, funcionó. Cuando terminó de tomar el té y la tostada, se le había pasado del todo la molesta sensación de asco en el estómago. Siguió a Marcello por unas escaleras de mármol y por varios pasillos.

–Es un palacio de verdad, ¿no?

–Naturalmente. ¿Dónde si no vive la familia real?

–Pero sois tan normales…

–En parte somos como los demás –explicó Marcello–. Pero nacemos con una responsabilidad que nos cambia la vida.

Su padre estaba en una habitación que resultaba imponente no sólo por el tamaño, sino también por la opulencia de su decoración.

–Parece como si estuviéramos en el Vaticano –le susurró a Marcello.

Una risa grave que le recordó a la de la noche anterior reverberó en la sala.

–Maggie le dijo lo mismo a Tomasso –dijo el rey.

–¿Me ha oído?

El rey Vincente estaba sentado en un trono de caoba tallada, con una corona dorada cincelada en el respaldo. Tanto el trono como el rey eran impresionantes. El rey tenía los ojos del mismo azul que Marcello y era tan guapo como su hijo.

–Esta sala fue diseñada para que cuando mis antepasados tuvieran invitados pudieran seguir las conversaciones. Pero, como ves, para que tú me escuches tengo que proyectar mi voz.

–Es la sala de recepciones –explicó Marcello mientras la conducía a una silla blanca que había al lado del rey–. Es tradición que mi padre se reúna aquí con sus súbditos los viernes, durante todo el día.

–Los primeros llegarán dentro de una hora –añadió el rey.

–Entonces es un rey accesible, ¿no?

–Así lo quisieron mis antepasados; era un modo de tener a todo el mundo contento.

–Muy astuto.

–Sí, pero es que mis antepasados eran hombres geniales.

Ella se echó a reír. Marcello se había sentado a su lado después de darle a su padre dos besos.

–Desde luego es algo por ambas partes de la familia.

–¿El qué? –preguntó el rey.

–Danette dice que soy arrogante.

–¿Flavia te parece arrogante?

–Supongo que no le habría interesado si hubiera sido una mujer tímida y apocada –respondió Danette para no meter la pata.

–Es cierto –respondió el rey con aire reflexivo–. ¿Y ha sido acaso tu arrogancia lo que le llamó la atención a mi hijo?

Ella lo miró sin saber qué decir,

–Danette no es arrogante, papá; cabezota, sí; orgullosa, también, pero es demasiado compasiva con los demás para ser arrogante.

–¿Que es compasiva? –preguntó el rey en tono claramente sarcástico.

–Sí, lo es –respondió Marcello.

–¿Te tienes por una persona compasiva? –le preguntó el rey, volviéndose a mirarla.

–Sí… ¿Pero por qué me lo pregunta?

–Porque te niegas a casarte con mi hijo.

–No… yo no…

–Papá, no entremos ahora en esto –intervino Marcello en tono indignado.

Pero el rey Vincente lo ignoró y continuó observando a Danette con evidente desaprobación.

–Estás dispuesta a traer al mundo un niño que lleva la sangre de los Scorsolini sin el beneficio del matrimonio. Los periódicos están atacando a Marcello sin tregua, le ponen de tonto y más.

Marcello se puso de pie de inmediato, gritándole a su padre que se callara; pero el rey Vincente continuó sin remordimiento.

–Permites que la prensa envilezca así a mi hijo, sabiendo que no serán más clementes con el tuyo; y sin embargo continuas negándole el derecho a darte su apellido. ¿Cómo puedes llamarte compasiva? –le preguntó con desprecio.

–La he traído aquí para protegerla, no para intimidarla –advirtió Marcello en tono amenazador mientras le agarraba la mano a Danette y la levantaba de la silla.

–No te permitiré que le hables así a mi mujer. Vamos, Danette, nos marchamos.

–¿Es tuya? –le preguntó el rey Vincente en tono burlón.

Danette sintió el leve sobresalto de Marcello; aunque sabía que él habría preferido que no se diera cuenta.

–Parece que he llegado a tiempo.

La voz de Flavia Scorsolini interrumpió la conversación; y el efecto que le causó al rey fue eléctrico.

Capítulo 12

¿FLAVIA? –la arrogancia del rey Vincente se había desvanecido en un instante.

–Así es –dijo mientras se adelantaba para abrazar a Marcello y a Danette–. Relájate, hijo mío –le dio unas palmaditas en la mejilla a su hijo–. No te enfades con tu padre; el rey sólo quiere protegerte.

–¡Ya no soy ningún niño para que me proteja!

–Siempre serás nuestro niño; acéptalo –sonrió a Danette con gesto cálido y comprensivo–. ¿Tú quieres marcharte, *cara*?

–No.

El rey había hecho algunos comentarios que de momento no tenían explicación para ella, y no se iría hasta enterarse de la verdad.

–No quiero que sufra.

–Hay algunas cosas que no se le pueden ocultar –fue la enigmática respuesta de su madre.

Marcello no parecía convencido, y Danette le puso la mano en el corazón.

–Por favor, Marcello.

–No quiero que te disgustes.

–Te lo agradezco, pero quiero quedarme.

Marcello la miró un momento con mirada intensa; pero finalmente asintió, antes de volverse hacia Flavia.

–Mamá, no te esperábamos –comentó Marcello.

–Ayer me enteré por las dependientas de una de mis boutiques favoritas que teníais pensado veniros temprano. Me supuse tu razón para venir, y también la reacción de tu padre, y aquí estoy.

–¿Crees que la señorita Michaels necesita de tu apoyo? –preguntó el rey Vincente en tono tenso.

Danette lo miró y se le encogió el corazón; porque el rey miraba a Flavia con tanto anhelo que a ella le dolió verlo así.

–Creo que vas a arremeter contra ella con esa arrogancia que de momento Danette parece tolerar con bastante buen humor.

–¿Y no te parece mal para todos que ella se nieguc a casarse con nuestro hijo?

–¿Y acaso te ha dicho tu hijo que ella se niegue a casarse con él?

El rey adoptó una expresión iracunda.

–Leo los periódicos… No dicen nada de boda. Además, conozco a mi hijo y sé que no permitiría que su hijo llegue al mundo siendo ilegítimo. Si no hay matrimonio a la vista, es porque ella le ha rechazado.

Flavia negó con la cabeza.

–No hay peor tonto que un viejo tonto.

–No soy viejo –dijo, visiblemente indignado.

–Pero eres tonto.

El rey Vincente parecía muy enfadado, pero no gritó. A Danette aquel comportamiento le pareció fascinante.

–¿Pero qué periódicos son ésos?

–Los que mi hijo esperaba ocultarte al venir aquí –respondió Flavia.

–Y habría funcionado si papá hubiera cerrado la boca –añadió Marcello.

–Quiero verlos, ¿tenéis copias? –continuó Danette, ajena a lo demás.

–Sí –dijo el rey Vicente.

–¡No! –exclamó Marcello al mismo tiempo.

Danette ignoró al hombre que amaba en favor de su padre, a quien miró a los ojos.

–Quiero saber lo que dicen, quiero ver los periódicos ahora mismo –le dijo al rey.

Marcello tiró de ella y la llevó aparte.

–Danette, ver los periódicos sólo te hará daño. No quiero eso.

–Lo sé, pero no me voy a esconder ni a cerrar los ojos. Tu madre tiene razón.

–No, no la tiene.

–No soy endeble, Marcello. O confías en que soportaré el aluvión de críticas y mentiras, o no.

–¿Y si es que no?

–No digas eso; sé que confías en mí –dijo en tono dulce.

Él no quería que viera las historias publicadas, pero sabía que tenía capacidad para soportarlo. Se le notaba en los ojos.

–Es verdad –dijo él.

En ese momento, apareció un joven vestido de traje.

–¿Me ha llamado, Alteza?

–Tráeme los periódicos donde sale la foto de mi hijo en portada.

–Qué estupidez –rugió Marcello.

El rey Vincente frunció el ceño.

–Ella tiene derecho a saber; y si no tiene fuerza para soportarlo, tampoco la tendrá para ser tu princesa.

–Yo no soy débil –insistió Danette.

Flavia chasqueó la lengua mientras negaba con la cabeza.

–Vincente, te juro que con la edad te estás volviendo más dogmático que nunca.

–¿No estás de acuerdo conmigo? –preguntó en un tono que dejaba claro que su opinión le molestaba.

–Sí, pero si tuvieras un ápice de sensibilidad, lo habrías expresado de otro modo. Yo no dudo de que Danette sea una mujer fuerte.

–Bueno, pues con mi familia no tengo diplomacia, me puede la confianza –gruñó el hombre–. Un hombre debe tener a alguien en su vida con quien ser sincero sin miedo a las represalias. Incluso un rey.

–Sí, pero a veces hay cosas que es mejor callarse.

El asistente del rey volvió con los periódicos, y Danette los ojeó mientras, a su lado, Marcello refunfuñaba. Los titulares eran crueles y el texto que seguía no era mucho mejor.

Amante secreta del príncipe embarazada. ¿Será suyo el hijo?, decía uno. Danette hizo una mueca al leer el siguiente. *Príncipe estéril será por fin padre... ¿O no?* El tercer periódico no era mejor. *Príncipe playboy: no hay planes de boda con amante embarazada*.

–No sabía que supieran que estoy embarazada.

–Nuestra visita a la librería no fue una idea demasiado brillante por mi parte –reconoció Marcello en voz baja.

Pero no sólo había sido eso. Alguien de Naviera Scorsolini debía de habérselo contado a la prensa después de verla salir corriendo al baño el día de la presentación.

Danette se sintió mal, traicionada. Le resultaba duro pensar que un compañero los había vendido a Marcello y a ella de ese modo; pero debía aceptarlo.

Lo que leyó en los distintos periódicos terminó de revolverle el estómago. Incluso en uno decía que tal vez se hubiera quedado embarazada de otro y que intentaba cazar a Marcello por su posición y su dinero.

—Creo que voy a vomitar.

Flavia la ayudó a recostarse en un sofá, y Danette respiró hondo y cerró los ojos un momento.

—Lo siento —abrió los ojos y miró a Marcello—. Yo no quería…

Marcello se arrodilló a su lado.

—Nada de esto es culpa tuya —dijo él apasionadamente mientras se arrodillaba a su lado.

Pero lo era. Le había preocupado la reacción de la prensa cuando se enteraran de lo del bebé; y allí la tenía.

—Tú odias todo esto… es lo que querías evitar más que nada en el mundo… Lo siento tanto, Marcello… —dijo de nuevo, aunque sabía que las palabras no serían adecuadas, ya que esas historias le habrían dolido en su orgullo—. No dudas de que seas el padre, ¿verdad?

—¿Pero cómo puedes preguntarme eso? Ya te dije que eso no me preocupa.

—Pero como ha salido todo esto ahora…

—No te equivoques; todo lo que dice la prensa me parece repulsivo, pero mi preocupación principal desde que las leí esta mañana ha sido protegerte. No me importa lo que digan de mí, sé que el bebé que llevas dentro es mío.

—Lo es, Marcello.

–Pues claro que lo sabe –Flavia negó con la cabeza mientras le daba unas palmadas en la mano a Danette–. Mi hijo no es tonto… normalmente.

–¿Qué quieres decir con eso? –le preguntó el rey Vincente ofendido.

–Puedes llevarte todo el mérito de su tontería también. Como había estado casado y había amado una vez, convenció a Danette de que no era capaz de serle fiel a otra persona; lo mismo que siempre has pensado tú.

El rey se puso aún más pálido.

–Yo…

–Tienes que dejar de castigarte. ¿Me estás escuchando? Les has metido esa estúpida idea en la cabeza a tus hijos, y el buen Dios sabe el daño que les ha hecho a los mayores.

–Su Majestad, la gente lo espera fuera –dijo el asistente del rey.

–Debo cumplir con mi deber –dijo el rey Vincente con expresión angustiada.

Flavia asintió.

–Por supuesto… Marcello, tráete a Danette a los aposentos privados –Flavia bostezó con delicadeza–. No me iría mal dormir un poco. He viajado de noche y apenas he pegado ojo.

–Podrías haber venido con nosotros –dijo Marcello mientras las ayudaba a incorporarse y las conducía hacia una puerta lateral de la sala.

–No me enteré hasta después de marcharos.

Después de dejar a Flavia para que descansara un rato, Marcello invitó a Danette a dar un paseo por los jardines.

–Buena idea –dijo Danette.

Marcello le enseñó un cuidado jardín que parecía sacado de un cuadro renacentista.

–Es precioso…

–A mí siempre me ha encantado.

–Pero tú preferiste marcharte a Sicilia cuando fuiste mayor de edad, ¿no?

–Sí –respondió él.

–¿Y eso por qué?

–Quería estar cerca de mi madre y hacerme un lugar en el mundo. Además, papá quiso que me fuera a Sicilia a cuidar de mamá.

Danette asintió, en absoluto sorprendida.

–¿Por qué querías ocultarme lo de los periódicos?

–Sabía que te disgustarías. ¿Y ves? No me equivocaba.

–Pero tú también te has disgustado.

–Tú eres mi mujer; mi obligación es protegerte.

–También mi deber es protegerte.

–¿Ah, sí? –Marcello esbozó una agradable sonrisa–. Preferiría que pasaras el tiempo haciendo otras cosas.

Danette recordó las maletas que habían cargado en el avión para ella.

–No tenías pensado regresar a Sicilia enseguida, ¿verdad?

–No. Pensé que una visita prolongada sería lo mejor para protegerte de la locura de los periódicos; pero parece que mis padres no piensan como yo.

–Te pido que no te enfades con ellos; hacen lo que creen que es lo correcto.

–¿Y a ti qué te parece que es lo correcto?

–Saber la verdad, por mucho que duela, es mejor

que no saberla —se mordió el labio y preguntó—. ¿Montarían lo mismo si nos casáramos?

Él se encogió de hombros.

—El que no nos casemos provoca todos estos rumores, pero no garantiza que no vaya a haber más historias. Eso lo aprendí con Bianca.

Sin embargo, Danette sabía que tenía que casarse con él, que era lo correcto; además casarse con el hombre amado no tendría que ser nada difícil.

Ella no era tonta, y esperar una proposición romántica de un hombre que quería casarse con ella por el niño sería sin duda una tontería por su parte.

Porque Marcello no se iba a dar cuenta de pronto de que la amaba. Danette reconoció por fin que era precisamente eso lo que había estado esperando: no sólo que él aceptara que ella lo quería, sino también que le correspondiera, y eso no era justo. Él le daba todo lo que podía, y exigir más no iba a hacerle la vida más fácil ni a ella ni al bebé.

Danette le agarró las manos, nerviosa de pronto, mientras se disponía a decirle lo que tenía que decir.

—Soy lo bastante lista como para entender que tiene sentido que nos casemos; así que cuanto antes empecemos a hacer planes, mejor para todos. Supongo que tiene más sentido celebrar una boda pequeña, como la de Tomasso y Maggie.

Marco se quedó de una pieza.

—¿Entonces quieres casarte conmigo?

—Sí.

Marcello la besó con una pasión desesperada que encontró respuesta también en ella.

—No será una boda pequeña. Mi madre y tú me habéis convencido de que sólo una ceremonia tradicional siciliana nos dejará satisfechos a todos.

—Pero cuanto antes nos casemos, mejor.

—Un retraso de uno o dos meses no es mucho.

Danette sabía que tanto su madre como la de Marcello estarían encantadas.

—Si estás seguro.

Él frunció el ceño.

—No reconozco este lado tuyo, Danette… estás muy complaciente.

—Esas historias de los periódicos… son tan horribles.

—Pero no significan nada para nosotros; porque sabemos la verdad. No me importa lo que digan, mientras tú accedas a ser mía.

Danette sintió una gran emoción, mientras apoyaba la cara en su pecho.

—Tu padre tiene razón, ¿sabes?

—Mi padre tiene suerte, porque si no fuera por lo contento que estoy, estaría muy enfadado con él por lo de esta mañana.

—De todos modos tenía razón; he sido muy arrogante —suspiró Danette—. Estaba tan segura de que no era necesario mantener nuestra relación en secreto. Pero ahora me doy cuenta de que habría sido horrible si la prensa se hubiera enterado antes.

—Igual de horrible que ahora.

—Pero antes tú no sabías si querías casarte conmigo; y creo que te habrías sentido obligado a hacerlo en cuanto se hubieran empezado a publicar historias truculentas.

—Eso es cierto. Habría sentido la misma necesidad de protegerte que siento ahora.

—Eso es algo que admiro en ti, Marcello.

—Y yo admiro tu fuerza, tanto para rechazarme hasta estar más segura, como para aceptarme por el bien de nuestro bebé –Marcello la besó en la cabeza–. Eres una mujer muy especial, Danette. Y debo decirte que siento una necesidad imperiosa de hacerle el amor a mi prometida. ¿Me está permitido?

–Más que permitido, es necesario.

No vieron a nadie de camino a los aposentos reales. Cuando estuvieron dentro del dormitorio, Marcello cerró la puerta y echó la llave.

–Así no nos interrumpirán.

Ella sonrió, anticipándose al placer.

–Exactamente lo que tenía en mente.

–Estamos hechos el uno para el otro, *amore mio*. No lo dudes.

–¿Crees que habría accedido a casarme contigo si tuviera dudas?

–Sí, tal vez por el bien de nuestro hijo. Pero no debes temer nada, porque nuestro matrimonio será maravilloso, te lo prometo.

–¿Se acabó bailar con otras mujeres? –preguntó ella, por si acaso.

–Ya te lo he prometido, pero te lo volveré a decir; no hay mujer más bella que tú.

–¿Ni siquiera Bianca?

Danette se arrepintió enseguida de haberle dicho eso. Sin embargo, en lugar de enfadarse, Marcello la miró con emoción mientras le agarraba la cara con las dos manos.

–Hace cuatro años que Bianca murió; tú estás viva, y para mí eres incomparable.

–Qué tierno, Marcello… –dijo ella, a punto de saltársele las lágrimas.

Él agachó la cabeza, hasta que sus labios casi rozaron los suyos.

–Es la verdad, Danette. Debes saber que jamás

te mentiré, ni pienso exagerar aunque sea por una buena causa. Puedes confiar plenamente en mí.

—Quiero hacerlo; me voy a casar contigo —le recordó.

—Y no te arrepentirás jamás —dijo antes de sellar sus palabras con un beso tierno y apasionado.

Ella respondió con todo el amor que sentía por él, con toda la ternura que él le estaba dando. Ese hombre le pertenecía por entero. Era suyo, igual que ella era suya.

Marcello la había rechazado en el restaurante, pero no había podido hacerlo a un nivel más básico. Ramon se había dado cuenta de los sentimientos de Marcello, y también Flavia.

—Quiero que sepas que no salí con Ramon para demostrarte nada. Además, ni siquiera sabía que tú ibas a estar allí esa noche.

—¿Entonces querías salir con él? —le preguntó Marcello con cierto nerviosismo.

—No.

—No te entiendo, Danette.

—Lizzy quedó con su novio y con él sin decírmelo. Ella no sabía que yo estaba contigo ya; pensaba que me sentía sola y quería ayudarme. Además, sabía que, si me hubiera preguntado, le habría dicho que no.

—Lo sabía porque ya le habías dicho que no antes —adivinó él.

—Sí.

—Veo que nuestra relación secreta te hizo más daño del que yo pensaba.

—Sí —respondió, sin poder negarlo.

—Danette, yo no sabía que te estaba haciendo daño; tienes que creerme.

–Te creo –suspiró ella–. Ya sé que no eres un sádico.

–No quería que sufrieras por estar conmigo, pero tampoco podía dejarte. Lo intenté, pero no funcionó.

–Sé que me deseas, Marcello.

–Es más que eso.

Ella sonrió.

–Sí, ahora que estoy embarazada, es mucho más.

Se dio la vuelta porque de pronto aquello le dolía mucho y no quería que él lo viera. Lo amaba, independientemente de lo que él sintiera por ella; porque fuera lo que fuera, no era amor. Jamás podría serlo. Ella no era Bianca.

Marcello le agarró de la cintura y empezó a besarla en el cuello.

–Te amo, Danette.

Danette se apartó de él sobresaltada y lo miró con gesto de acusación.

–¡No digas eso! ¡No lo dices en serio!

Él la miró con expresión fiera.

–Sí que lo digo en serio.

–Es imposible. Lo dices porque crees que tienes que amar a la madre de tu hijo, pero no porque lo sientas de verdad. Si somos sinceros el uno con el otro, puedo soportarlo; lo demás, no.

Él le agarró por las muñecas y la miró a los ojos.

–Deja que te sea muy sincero, Danette. Escúchame. Desde la muerte de Bianca no he estado más de dos noches seguidas con una mujer; pero tú has sido dueña de mi cuerpo y de mi corazón durante seis meses seguidos.

–Yo no…

–No confías en mí, Danette. Acabo de declararte mi amor y me has rechazado.

–Es que…

Danette no sabía qué decir en su defensa.

–Yo pensaba que no podía dejar embarazada a una mujer. Tú no sabes lo mucho que eso me afectó en mi relación con Bianca.

–Los hijos no lo son todo.

–Para ti es fácil decir eso, porque no sabes lo que es querer tenerlos y no poder. Bianca sí, y eso la destrozó –el dolor le impidió seguir hablando–. Se suicidó para no tener que enfrentarse a un futuro sin hijos. Yo no podía darle lo que más deseaba en el mundo.

–Pero… si se hubiera suicidado…

Habría salido en todos los periódicos.

–No puede ser. Tú te culpas por su muerte pero…

–La mañana de su muerte se hizo una prueba de embarazo y dio negativa –aspiró hondo para mitigar la angustia–. Luego se fue de paseo junto al acantilado.

–Y el terreno cedió y se cayó; eso no es suicidarse, Marcello.

–Podría haberse salvado de haber querido.

A Danette se le encogió el corazón.

–No puedes creer eso, Marcello. No es verdad.

–Tú no estabas allí.

–Ni tú tampoco. Se cayó, Marcello. Bianca no saltó, no lo habría hecho; tenía demasiadas cosas por las que vivir.

–¿Qué cosas? Ya no tenía esperanza, ni sueños.

–Si deseaba tanto ser madre, podría haberse sometido a una inseminación, o podríais haber adoptado un niño.

–Ella decía que éramos jóvenes, que teníamos tiempo.

–Y seguramente lo diría en serio.

–Tú no la oías llorar en el baño por las noches cuando pensaba que yo estaba dormido.

–Siento lo que te voy a decir, pero estoy segura de que lloraba por ti, Marcello. Ella sabía lo mucho que te dolía no poder dejarla embarazada. Te quería, y por eso lloraba –Danette esperaba convencerlo–. Le dolía tu angustia. Tú no tienes la culpa por la muerte de Bianca.

Marcello estaba muy tenso, tanto que apenas podía hablar.

–Tal vez tengas razón, Danette.

Danette sabía que Marcello necesitaba desahogarse, pero también que no podía llorar. Era demasiado fuerte para ceder ante las lágrimas.

Así que le agarró la cara con las dos manos y empezó a besarlo apasionadamente.

Hicieron el amor con urgencia, apasionadamente, y ella gimió su amor por él cuando alcanzó el orgasmo, escuchando las mismas palabras de sus labios cuando él se desplomó sobre ella.

–Ah, ha sido maravilloso…

–Sí, es cierto –dijo Danette.

–¿Crees que hemos podido hacerle daño al bebé?

–No, pero se estará preguntando a qué viene tanto movimiento…

Marcello se echo a reír; pero entonces la miró a los ojos y se puso muy serio, y a Danette se le encogió el corazón por él.

–Llevo cuatro años sintiéndome culpable. Bianca era demasiado joven para morir, y pensé que tendría que ser culpa de alguien.

–Tú ya te sentías mal porque pensabas que la habías decepcionado por no poder darle un hijo; es lógico que te echaras la culpa.

–Sí.

–Pero no fue culpa tuya, y tú no la decepcionaste.

Marcello se tumbó a su lado y se apoyó sobre un codo.

–Se negó a hacer una fecundación in vitro.

–A lo mejor también por eso se sintió culpable.

–Puede ser.

–¿Te sientes mejor ahora?

–Cuando estoy contigo, siempre me siento mejor.

–Me alegro.

–Bianca y yo hablábamos muy poco de nosotros, más bien nada, y eso nos hizo daño a los dos. No quiero eso contigo, *cara*.

–Ni yo.

–Cuando me lo dijiste la primera vez, me negué a creer que me amaras de verdad.

–¿Entonces me crees ahora?

–Sí, tengo que creerte. Porque has accedido a casarte conmigo aún pensando que sigo amando a una mujer muerta.

–No me importa si aún la amas.

–Pero ese amor es parte del pasado. No te niegues a creer en el amor que siento ahora por ti…

–Yo…

–Te amo más que a mi vida. Siento haber estado tan confuso con el tema del matrimonio, pero quiero que el nuestro se base en la confianza y la comprensión mutuas. Y no nos casaremos hasta que te haya convencido de que te amo…

–¡Pero eso no puede ser! ¿Y si me llevara tiempo? ¿Y si no te creyera hasta que naciera nuestro hijo?

–Entonces que así sea. Me voy a casar contigo, Danette, pero no quiero que nuestro matrimonio se base en la desconfianza.

Sus palabras le traspasaron el corazón. Tenía que amarla si estaba dispuesto a esperar el tiempo necesario hasta que ella se convenciera de su amor.

A Danette se le saltaron las lágrimas, sonriendo al mismo tiempo.

–Te creo, Marcello. Te creo de verdad –sollozó.

Él la miró con expresión cauta, queriendo cerciorarse.

–¿Estás segura?

–Jamás he estado más segura de nada en mi vida.

Marcello suspiró aliviado, como si le hubieran quitado un peso de encima.

–Te amo, *amore mio*. Te amo de todo corazón.

–Y yo a ti.

La boda de Tomasso y Maggie salió a la perfección, y Danette conoció por fin a su otra cuñada, Therese. Danette había estado con Maggie, ayudándola con los preparativos de la boda.

Fue una preciosa ceremonia celebrada en su playa privada, y Danette tuvo que enjugar alguna que otra lágrima cuando la pareja pronunció los votos matrimoniales con amor y devoción.

Marcello le echó el brazo a la cintura y le susurró al oído:

–Pronto nos tocará a nosotros, *amore mio*.

Ella asintió, ahogando más lágrimas de emoción.

–Te amo –dijo Marcello mientras le daba un beso en la sien.

Ella volvió la cabeza y lo besó en el hombro, dándole su amor en silencio.

Más tarde, la familia le tomó el pelo, diciéndole que lloraba porque estaba embarazada; pero Therese le sonrió con cariño.

–A mí me parece muy tierno.

–Me emociona tanto ver a Tomasso y a Maggie tan felices –dijo Danette–. Así deben ser los matrimonios, ¿verdad?

Los bellos ojos marrones de Therese se llenaron de tristeza, y Danette no entendió lo que le pasaba.

–Sí, así deben ser –dijo su cuñada por toda explicación.

Flavia suspiró y miró al rey con gesto de acusación, sin dar más pistas del porqué de esa mirada.

–¿Qué pasa? –preguntó el rey claramente confuso.

Flavia negó con la cabeza.

–Veo que debería haberme ocupado más de algunas cosas hace años, pero es difícil vencer al orgullo.

Después de aquel enigmático comentario les preguntó a los hijos de Tomasso si querían dar un paseo por la playa. Los niños accedieron con entusiasmo y se quitaron los zapatos inmediatamente, antes de echar a correr hacia la orilla.

Flavia se detuvo un momento antes de seguir a los chiquillos y miró al rey Vincente.

–¿Vienes?

–¿Estoy invitado? –respondió el rey con la misma incredulidad que mostraron sus tres hijos ante el inesperado comentario.

–Por supuesto. ¿Es que no te lo acabo de decir?

El rey se fue con ella, visiblemente confuso por las vueltas inesperadas que daba la vida.

Al verlos, Danette se echó a reír sin poder evitarlo.

–Me pregunto si Flavia ha decidido que no quiere que tu padre se convierta en un viejo solitario.

–No lo dirás en serio. Durante años mi madre no soportaba que se mencionara el nombre de mi padre delante de ella.

–Bueno, pero ahora sí, ¿no lo ves? –dijo Danette–. Ten en cuenta que hace tiempo ella lo amó.

–Pero dejó de quererle hace años –comentó claudio, el hermano mayor de Marcello.

–El amor de verdad no se pasa fácilmente –dijo Therese en tono emocionado.

Marcello se mostró de acuerdo.

–Es cierto –miró a Danette con emoción–. Yo te amaré toda la vida.

Ella lo miró con el corazón encogido de emoción.

–Y yo también te amaré siempre.

Marcello la besó tierna y apasionadamente, demostrándole que el hombre que le había robado el corazón también le había entregado el suyo, para siempre jamás.

* * *

Podrás conocer la historia de Claudio Scorsolini el próximo mes en el último libro de la miniserie *Princesas del mar* titulado:
ENAMORADA DEL PRÍNCIPE

Bianca™

Ella cree tenerlo todo bajo control, y él va a disfrutar demostrándole lo contrario

El despiadado abogado siciliano Alessio Capelli siempre consigue lo que quiere. Lindsay Lockheart ya lo ha rechazado una vez, y ahora que ha vuelto a su vida, está decidido a no dejarla escapar. La usará y luego la abandonará, tal y como hace con todas las mujeres. Además, las circunstancias se han convertido en su mejor aliado: Lindsay se ha visto obligada a trabajar para él sustituyendo a su hermana desaparecida.

Ella puede presentarle batalla por el día, pero por la noche él tomará el control. Pronto, tendrá a una virgen en su cama, y hará lo que haga falta para no dejarla ir, hasta que se canse de ella...

Seducción en el Caribe

Sarah Morgan

Acepte 2 de nuestras mejores novelas de amor GRATIS

¡Y reciba un regalo sorpresa!

Oferta especial de tiempo limitado

Rellene el cupón y envíelo a
Harlequin Reader Service®
3010 Walden Ave.
P.O. Box 1867
Buffalo, N.Y. 14240-1867

¡Sí! Por favor, envíenme 2 novelas de amor de Harlequin (1 Bianca® y 1 Deseo®) gratis, más el regalo sorpresa. Luego remítanme 4 novelas nuevas todos los meses, las cuales recibiré mucho antes de que aparezcan en librerías, y factúrenme al bajo precio de $3,24 cada una, más $0,25 por envío e impuesto de ventas, si corresponde*. Este es el precio total, y es un ahorro de casi el 20% sobre el precio de portada. !Una oferta excelente! Entiendo que el hecho de aceptar estos libros y el regalo no me obliga en forma alguna a la compra de libros adicionales. Y también que puedo devolver cualquier envío y cancelar en cualquier momento. Aún si decido no comprar ningún otro libro de Harlequin, los 2 libros gratis y el regalo sorpresa son míos para siempre.

416 LBN DU7N

Nombre y apellido	(Por favor, letra de molde)	
Dirección	Apartamento No.	
Ciudad	Estado	Zona postal

Esta oferta se limita a un pedido por hogar y no está disponible para los subscriptores actuales de Deseo® y Bianca®.
*Los términos y precios quedan sujetos a cambios sin aviso previo.
Impuestos de ventas aplican en N.Y.

SPN-03

Deseo™

Noche de pasión
Emilie Rose

El millonario halcón legal Alex Harper llevaba meses persiguiendo a Amanda, una organizadora de fiestas, pero ella lo rechazaba siempre. Hasta que se encontró con ella en el edificio donde vivía y la contrató para organizar un gran evento.

Trabajar con Alex era como jugar con fuego, y Amanda se concedió perderse una noche. Mas con un rompecorazones como Alex, una noche no era bastante. Su cuerpo lo anhelaba otra vez… aunque se preguntaba si esa sola noche de pasión volvería a rondarla nueve meses después.

Soltera, con deudas… ¡y con un retraso!

¡YA EN TU PUNTO DE VENTA!

Bianca™

Cuando pueda verla, ¿seguirá deseándola?

El multimillonario Cesare Brunelli había perdido la vista al rescatar a una niña de un coche en llamas y la única persona que lo trataba sin compasión alguna era la mujer con la que había disfrutado de una noche de pasión. ¡Pero se quedó embarazada!

Y eso provocó la única reacción que Samantha no esperaba: una proposición de matrimonio. Él no se creía enamorado, pero Sam sabía que ella sí lo estaba. Y cuando Cesare recuperó la vista, Sam pensó que cambiaría a su diminuta y pelirroja esposa por una de las altas e impresionantes rubias con las que solía salir.

Ciegos al amor

Kim Lawrence